Aurélie Delahaye

Après une vie parisienne bien rangée, Aurélie Delahaye décide de remettre ses rêves au cœur de son existence et quitte tout pour vivre les pieds dans l'herbe, écrire, et créer, avec d'autres, du lien social dans les campagnes. Elle a d'abord vécu dans des colocations à travers l'Europe puis a embarqué en mars 2016 dans un ancien camion de pompier aménagé du nom de Ramdam, dans lequel elle a parcouru une bonne partie de la France. *Embrasser l'inconnu* (Anne Carrière, 2019) est son premier livre. Il est suivi de *Donne-moi la main Menino*, paru en 2020 chez le même éditeur.

EMBRASSER L'INCONNU

AURÉLIE DELAHAYE

EMBRASSER L'INCONNU

ÉDITIONS ANNE CARRIÈRE

MIXTE
Papier issu de
sources responsables
FSC® C003309

Pocket, une marque d'Univers Poche,
est un éditeur qui s'engage pour la préservation
de l'environnement et qui utilise du papier fabriqué
à partir de bois provenant de forêts gérées
de manière responsable.

ISBN : 978-2-266-29981-7
Dépôt légal : septembre 2020

À Mamoune, à Michel et à Lola,
perchés chacun sur une étoile.

1.

Nous aurions pu nous résigner. Nous dire qu'il fallait apprendre à vivre raisonnablement, suivre la cadence. Mais nous ne l'avons pas fait. « Nous », c'est toutes celles qui vivent à l'intérieur de moi : la rêveuse, la douce, la sensible, la petite fille, la cartésienne, l'aventurière, la rebelle, l'impatiente, la poète, l'énervée, l'écrivaine, l'angoissée, l'artiste, la triste, la féminine, la masculine aussi. On nous a souvent dit, à nous toutes : « On ne vit pas dans un monde idéal, Aurélie, un jour il faudrait que tu le comprennes ! »

Je l'ai compris très vite, en réalité.

Cela n'a fait qu'accentuer mon envie de vivre mes rêves pour rendre ce monde plus beau, pour moi et pour les autres. Mais aussi honorer ce qu'il a déjà de beau, parce que si l'on ouvre grand les yeux, on voit mille merveilles s'animer, où que l'on soit.

Tout a commencé par cette nuit du 18 janvier 2015 où je prends deux billets d'avion, l'un pour Berlin, l'autre pour Lisbonne. Je n'ai aucune idée de ce qui m'y attend. Pour ne pas trop craindre l'inconnu, je choisis de lui donner une courte durée et d'aviser ensuite. Six mois, ce n'est pas une éternité.

Au fond de moi je sais peut-être déjà que je pars justement pour toujours, que je tourne la page d'une histoire dans laquelle je ne me retrouve plus et que je vais à la découverte de mon histoire, celle dans laquelle je serai heureuse. Je donne simplement à l'angoissée en moi des petites bouées pour qu'elle n'ait pas trop peur de se jeter à l'eau.

Je dis que cela a commencé cette nuit-là, mais en réalité c'était bien avant. Comment identifier un point de départ ? Ce sont les années, l'expérience, les réflexions qui créent le grand saut et viennent dire à un instant précis : « Tu es prête. »

Il y a eu tous ces espoirs de trouver le métier, l'entreprise, l'équipe qui m'aideraient à m'épanouir. Et derrière, les désillusions. Il y a eu les joies du travail qui a du sens puis les pleurs matinaux de ce sens perdu encore une fois. Il y a eu ces rencontres de gens que j'admire, qui n'ont pas peur et trouvent en eux la confiance d'avancer à leur façon. Il y a eu ces attentats tragiques, qui nous rappellent que la vie est courte quand ils viennent nous secouer, nous, Français, alors qu'à l'autre bout du monde ils ont lieu tous les jours. Il y a eu ce pépin de santé aussi, pendant lequel j'ai ressenti pour la première fois ce qu'était le danger, le vrai, mais que j'ai réussi à vaincre grâce à un cœur prêt à se battre et à des images d'herbe verte et de gens que j'aime qui me venaient en tête. Il y a eu tout cela et bien d'autres choses, comme les années passées à apprendre à me connaître, avec mon histoire et mon présent.

Et puis un jour, il y a eu ce jour, à partir duquel rien n'a plus jamais été pareil.

2.

Je suis née dans un clan. Un clan c'est un joyeux bazar, ça habite tout près les uns des autres, ça fait des grandes tablées et des réunions au sommet pour savoir ce qui se passe à droite et à gauche. En famille, on a le droit d'être vachards, mais si quelqu'un touche au cheveu de l'un d'entre nous, on est tous sur le pont. Notre clan, il discute de tout et de rien, mais plus rarement de soi ; en tout cas, on ne se regarde pas le nombril et on ne dit pas ses sentiments, parce que ça ne se fait pas. Dans la vie, on avance ! On n'est pas venu sur terre pour se tourner les pouces. Non, ma fille, il faut travailler, travailler, et travailler !

Ça, je le sais depuis que je suis toute petite, quand j'étais sur les genoux de mon grand-père maternel, Daddy, et qu'il me le répétait pour la énième fois, avant d'ajouter : « Il y a deux catégories de personnes, ceux qui sont dans la casserole, et ceux qui tiennent le manche. Toi, il faut que tu tiennes le manche. » Dit comme ça, c'est sûr qu'avec mes deux frères on avait bien plus envie d'obéir que de se faire manger aux petits oignons. Par qui ? On n'a jamais su. Mais ce qu'on savait, c'est que si on ne travaillait pas bien, on pouvait aussi mourir de faim. Pour de vrai, parce que c'est ce qui aurait pu arriver au père de Daddy, mais aussi parce que c'est ainsi que ma famille est construite : autour d'angoisses profondes. Si l'on traverse la rue, on peut mourir ; si l'on part en voyage, on peut mourir ; si l'on ne fait rien du tout, on peut aussi mourir… d'une phlébite. Quoi qu'il arrive, il vaut mieux prendre une assurance ! Les discours de mon grand-père ainsi que les angoisses de ma mère font l'objet de taquineries qui ressortent régulièrement pour les fêtes familiales. Pour ses soixante ans, nous avons rappelé à ma mère que les dernières paroles qu'elle a dites à mon grand frère, quand il est parti vivre aux États-Unis pour un an, étaient celles-ci : « N'oublie pas de marcher dans l'avion, sinon tu vas former un caillot et mourir. Bisous, mon chéri. »

Mais revenons à mon arrière-grand-père, né en Italie, dans une situation familiale difficile. À l'âge de douze ans il n'avait eu d'autre choix que de s'enfuir de chez lui et de quitter son pays natal. Pour cela, il avait patiemment tressé des paniers dans la montagne des mois durant alors qu'il gardait les moutons. Il vendait ses paniers sur le marché et, lorsqu'il avait eu assez d'argent pour s'acheter un billet de train, il était parti, direction Paris. Un sacré bonhomme ! Je l'ai très peu connu mais on m'a souvent parlé de lui. Pour les fêtes de fin d'année, avant de nous gâter, Daddy nous racontait comment son père avait un jour reçu une simple orange à Noël, qu'il regardait tous les matins en se disant : « Si je la mange, je ne l'aurai plus. » Alors elle avait fini par pourrir. C'est son honnête labeur et sans doute sa grande force intérieure qui avaient sauvé mon arrière-grand-père. Et c'est autour de cette valeur que nous nous sommes construits : le TRAVAIL.

J'étais une enfant dissipée, rêveuse, bavarde, mais très obéissante, et je veillais à rapporter des bonnes notes à mon grand-père. Ma grand-mère maternelle, Mamoune, surveillait l'apprentissage de mes leçons puis me les faisait réciter, presque tous les soirs. Si d'aventure je n'étais pas dans de bonnes dispositions, il n'y avait aucun moyen de fuir, Mamoune veillait au grain. À la fin de chaque semaine, je montrais à mes grands-parents mon carnet de notes où il n'y avait que des vingt sur vingt, sauf en conduite, où j'avais des zéros et des observations. J'avais pour injonction de devenir plus sage, mais je récupérais toujours une petite pièce qui me récompensait d'avoir si bien travaillé.

Mes parents se sont séparés lorsque j'avais six ans. Un divorce difficile dans lequel nous avons perdu une partie de notre innocence et avons grandi plus vite que prévu, mes frères et moi. Mais nous restions des enfants. Le week-end, nous aimions courir dans la prairie qui se situait derrière chez nous. Nous grimpions aux arbres et passions des heures allongés dans l'herbe. Parfois je faisais l'andouille avec eux, d'autres fois j'écoutais les oiseaux.

À l'âge de huit ans, je concoctais des poèmes que Mamoune gardait précieusement dans une pochette cartonnée. Pour mon anniversaire, j'avais demandé à Daddy de m'offrir une machine à écrire, ce qu'il avait fait en échange de mes bonnes notes. À l'école primaire, j'avais la chance d'avoir des professeurs ouverts qui me laissaient écrire mes propres poésies plutôt que de me forcer à apprendre celles des autres.

Fière, je récitais mes créations devant toute la classe. Puis il y avait les rédactions, que j'attendais avec impatience lors des cours de français. Je laissais mon stylo raconter de folles aventures. En fin d'année, je montais sur l'estrade au milieu de tous les élèves et leurs parents pour recevoir le prix d'expression écrite ou celui de poésie. Cela me nourrissait. D'autant que ces moments de reconnaissance étaient les seuls dont je profitais à l'école. Dans la cour de récréation, c'était tout autre chose. Cette école était privée et fréquentée essentiellement par des gens aisés. Nous venions aussi d'un milieu aisé, mais ma famille n'aimait pas se montrer. Avec mon petit frère, nous étions moqués parce que nous étions habillés comme des enfants sages et démodés. Nous étions différents des autres, sensibles, peu sûrs de nous, et complètement hermétiques aux distinctions que l'on peut faire, déjà en primaire, entre filles et garçons. Nous avions un an d'écart et partagions tout : les poupées, les voitures, la bagarre et la dînette. Ces particularités nous valaient d'être tantôt transparents, tantôt l'objet d'insultes. Cette découverte de l'intolérance est restée ancrée en moi.

Pour l'entrée au collège, j'ai suivi les pas de mon grand frère, et j'ai rejoint un établissement privé où régnait une grande sévérité. Là, il n'y avait pas de créativité, c'est l'excellence qui primait, et l'on fabriquait des élèves qui réussissaient. Comme mon aîné, j'ai très vite trébuché. À la première dictée, j'ai écopé d'un zéro et, du jour au lendemain, je suis devenue « nulle en français ». Comment était-ce possible de passer si rapidement de la gloire au déshonneur ? J'ai eu honte de rentrer chez moi le soir de ce premier zéro. Ce que je faisais n'avait plus de valeur. Il n'y avait plus d'espace pour les prix d'expression, seule la rigueur comptait, l'erreur n'était pas admise. Visiblement, je faisais nombre d'erreurs et je posais beaucoup trop de questions. J'ai alors arrêté de lire comme d'écrire et j'ai laissé ma vieille machine prendre la poussière. Je me suis réfugiée dans les mathématiques, parce qu'elles, au moins, ne me trahissaient pas. C'était carré et logique, impossible de répondre à côté de la plaque.

Puisque j'étais douée en sciences, mon établissement en a déduit que j'étais douée tout court, et puisque j'avais des mauvaises notes ailleurs, c'est que je n'avais pas envie de travailler. De mon côté, j'ai voulu chercher une meilleure explication. Je n'avais pas pu brusquement devenir quelqu'un qui ne veut pas travailler alors que toute mon éducation était fondée sur le travail. J'ai compris que le problème venait de ce que je ne travaillais pas conformément à ce qui était attendu de moi. C'est donc à l'âge de onze ans que j'ai fait la découverte du conformisme, et c'est plus tard que j'ai admis ma difficulté à y répondre.

J'ai également pris la mesure de l'ouverture d'esprit et de la passion des professeurs que j'avais rencontrés jusqu'alors. Étant donné le système dans lequel nous sommes, qui nous force à suivre une seule et même voie, les enseignants qui se risquent à sortir des sentiers battus sont de véritables héros. Intérieurement, je les ai remerciés, et j'ai patiemment attendu de croiser la route d'autres personnes de cette trempe. En attendant, je tentais de m'éloigner du conformisme avec des amis qui me faisaient découvrir de nouveaux horizons. Le soir, j'écoutais mon Walkman en cachette dans mon lit, branchée sur des radios pour adolescents où l'on discutait des problèmes de gens qui m'étaient inconnus et qui me faisaient oublier le divorce de mes parents. De temps en temps, avant de dormir, j'allais jeter un coup d'œil aux étoiles. En les regardant, je me sentais entourée.

J'avais été une enfant créative et heureuse d'obéir. J'étais désormais une adolescente angoissée par la perspective de ne pas être à la hauteur. J'avais envie de pouvoir continuer à rêver, mais je ne savais plus à quoi.

3.

Durant mes quatre années de collège, je n'avais aucune idée de ce que je voulais faire plus tard, mais je commençais à comprendre que les adultes avaient des projets pour nous. Nous : les gens qui réussissent. Je ne savais plus trop bien si je faisais partie de ces élus et les responsables de mon établissement non plus, puisque, visiblement, je ne voulais toujours pas travailler. J'ai fini par quitter les lieux et rejoindre un lycée public, dont j'imaginais qu'il serait un melting-pot, un espace de liberté. J'étais bien naïve.

Quant à l'écriture, elle a tenté de refaire une apparition lors d'un concours organisé par ma prof de français. Cette dernière m'avait déjà redonné le goût de la lecture. Grâce à elle, les livres n'étaient plus seulement un objet d'apprentissage rigoureux, ils redevenaient plaisir et découverte. J'ai participé à ce concours avec joie. Après des années sans écrire, j'ai rempli cette page blanche aisément, et couché sur le papier une petite histoire dont j'étais contente. Le concours devait récompenser les trois premiers candidats.

Je garde une image précise de ce moment. L'enseignante tient les papiers dans les mains. Elle fait un trait d'humour sur les velléités et les maladresses de quelques-uns d'entre nous, puis elle s'approche de moi. Devant toute la classe, elle dit : « Delahaye, je suis désolée, j'ai dû te mettre hors concours. Ce que tu as écrit est très beau, très bien écrit, c'est largement au-dessus des autres, mais ils ne pourront pas comprendre. » Elle laisse mon papier sur mon bureau et s'en va distribuer les trois premiers prix.

Après cela, il me faudra encore quatre ou cinq ans pour rouvrir un cahier d'écriture. À force de recevoir des injonctions contradictoires (travailler, mais pas comme ceci, ni comme cela), j'ai fini par faire le strict minimum, et à la place j'ai décidé de profiter de la vie avec une bande de copains. Nous nous mettions au fond de la classe et rendions chèvres les enseignants. Comme à l'école primaire, les autres élèves ne nous comprenaient pas, nous étions trop bêtes pour eux, à rire comme des enfants et à ne pas nous comporter avec sérieux. Mais comme, dans notre clan, il est impensable de ne pas avoir son baccalauréat, c'est mon grand frère qui m'a mis les points sur les *i* et s'est attelé à la tâche de me faire réviser, chaque soir. J'étais en filière scientifique, le bac en or, que j'ai décroché de justesse avec un petit dix sur vingt. Les honneurs n'étaient pas au rendez-vous, mais l'honneur était sauf.

À l'adolescence, je me suis liée d'amitié avec des jeunes du 93, autrement dit la banlieue chaude de Paris. J'ai découvert un autre monde, où l'on traîne le soir dans les rues, où l'on parle de ses rêves mais en ne voyant aucun chemin qui pourrait y mener et où l'on finit par dealer du shit parce que c'est la seule voie qu'on a trouvée pour se faire un peu d'argent, à moins qu'on ne devienne humoriste ou rappeur (et l'un d'entre eux le deviendrait !). J'ai pris conscience que si mon travail m'avait un jour apporté satisfaction, c'est parce que j'avais beaucoup de chance. Ma famille m'avait toujours appris que si l'on travaillait, on réussissait. La preuve, mon arrière-grand-père immigré l'avait fait. Mais j'ai compris que c'était faux. Je rencontrais des adolescents dont les parents trimaient, pendant que des professeurs mal préparés leur disaient qu'ils ne feraient jamais rien de bon, qu'ils étaient de la mauvaise graine et que seules des voies de garage s'offraient à eux. La police nous arrêtait régulièrement pour des contrôles d'identité et me demandait systématiquement ce que moi, qui vivais dans le 16e arrondissement de Paris, je faisais ici, avec « la racaille ». Même en ayant la volonté de cultiver la petite flamme au fond d'eux, comment mes compagnons pouvaient-ils lutter contre un environnement qui juge, catalogue et construit une si mauvaise estime de soi ?

Puisque je n'aimais pas les injustices, j'ai décidé de me tourner vers le droit, pour devenir avocate et défendre ceux qui n'avaient pas la même chance que moi. Sur les bancs de la faculté de droit de Nanterre, j'ai retrouvé du sens. Face à moi, j'avais des professeurs qui nous disaient l'Histoire en nous la racontant, qui nous parlaient de l'humanité, de ses comportements, de la manière dont la société s'était construite au fil des siècles. C'était passionnant. J'ai alors retrouvé la « première de la classe » que j'avais été enfant. Je réussissais brillamment tous mes examens et pouvais prétendre devenir avocate, ou même entrer dans de grandes institutions publiques françaises.

J'étais remplie d'espoirs et d'idéaux : en suivant ces chemins, j'allais pouvoir changer le monde, éviter à des enfants de vivre des divorces affreux, ou bien aider des adolescents à prendre confiance en eux et à bâtir un avenir avec les mêmes chances que les autres, quelle que soit leur situation sociale d'origine. J'allais, qui sait, peut-être participer à réformer l'éducation, faire en sorte qu'elle permette à chacun d'être à sa place. Je ferais de grandes choses !

Mais ce n'était que le début de ma quête. Très vite, j'ai compris que les métiers auxquels je me destinais étaient beaucoup moins idéalistes que ce que j'avais imaginé. Apporter un changement minime exigeait des années de lutte dans des environnements rigides, et je n'étais pas sûre d'être faite pour lutter en permanence. Alors j'ai tourné la page. Et c'est à ce moment-là qu'on m'a parlé d'école de commerce : « L'endroit idéal pour apprendre à entreprendre et changer le monde ! » Je suis donc entrée à l'école de la conformité. Si, dans le 93, on dit aux élèves qu'ils sont fichus, ici on leur explique dès le premier jour qu'ils sont l'élite de la Nation et l'avenir de la France. De quoi faire gonfler les chevilles et mettre sur les épaules une sacrée responsabilité. On peut rigoler encore quelques années mais, une fois sorti de là, il faudra briller. Pourtant, en comparaison de mes études de droit si intellectuelles et passionnantes, les cours de commerce faisaient pâle figure, très peu allaient au fond des choses, on nous enseignait des listes de vérités générales. Le cœur de l'enseignement se trouvait ailleurs : à l'université on m'avait appris à penser, ici on m'apprenait à faire, au travers d'associations avec lesquelles il était possible de bâtir des projets, avec peu de moyens et d'expérience.

Mon intérêt s'est tout de suite tourné vers une association d'improvisation théâtrale, discipline que j'avais découverte pour préparer mes oraux. L'improvisation est l'école de la spontanéité. Enfants, nous savions inventer des histoires, écouter notre cœur, suivre notre élan. Puis l'école et la société nous ont appris à nous taire, à être sages et comme les autres, et peu à peu nous avons perdu l'accès à cette spontanéité. En improvisation, chaque jeu, chaque scène est un espace de totale liberté. On peut être soi dans ce qu'on a de plus fantaisiste et inventif. Les seules règles qui existent sont celles qui justement mènent à la spontanéité, rien ne peut être déterminé à l'avance car les répliques et les idées qui le seraient ne pourraient embrasser l'imaginaire de l'autre. On apprend donc à composer avec l'inconnu. On comprend même que c'est de l'inconnu que naît la magie. Si l'on accepte de ne rien savoir, l'improvisation va nous mener dans un endroit qui va surprendre les comédiens et le public.

J'ai pratiqué cette passion pendant sept ans, bien au-delà de mon école de commerce. Grâce à elle, j'écrivais à nouveau des histoires, même si c'était oralement, et à plusieurs. Et je me libérais de toutes ces années d'éducation où j'avais eu le sentiment de ne pas être comprise. J'osais devenir un peu plus moi. Je prenais confiance, je grandissais, je m'exprimais comme jamais je ne l'avais fait auparavant.

En sortant d'école, après deux ans d'errance à expérimenter des jobs classiques et à déménager trois fois, j'ai réussi à intégrer le théâtre et l'improvisation dans mon métier et à faire du 11e arrondissement de Paris mon quartier. J'ai rejoint une petite entreprise familiale et chaleureuse qui faisait du théâtre pour les grandes entreprises, pour les aider à « améliorer l'humain ». Finalement, puisque je n'avais pas suivi la voie royale qui s'offre à ceux qui sortent d'une école de commerce, j'avais réussi à me construire une vie qui me convenait : je changeais un peu le monde et côtoyais des artistes. Pour la première fois, j'ai arrêté de bouger, et me suis installée dans ce quotidien confortable. Il était temps que je me pose et que je sois satisfaite de ce que je faisais. J'espérais très fort que cela durerait.

4.

Au regard de l'éducation que j'avais reçue, la vie que j'avais choisie n'était pas brillante. Mon salaire n'était pas celui que mes parents avaient imaginé pour moi. De plus, je vivais dangereusement (je roulais à vélo) et mes loisirs consistaient à faire la saltimbanque sur la scène de petits théâtres parisiens. J'étais une rebelle !

Le matin, je me réveillais dans mon studio de trente mètres carrés situé sous les toits, mal isolé mais plutôt douillet (quoique froid en hiver, mais je connaîtrais bien pire par la suite). Je prenais mon petit déjeuner en lisant, installée dans le lit le plus confortable du monde. Et lorsque je filais au travail, c'était sur mon vélo, qui était grand et magnifique et, lui aussi, le plus confortable du monde. Je l'avais baptisé « Pégase », tous mes amis connaissaient son petit nom et ma propension à lui parler. Au milieu des grands immeubles parisiens, des pots d'échappement et des coups de Klaxon, je profitais du vent sur mon visage et observais les petites merveilles qui m'entouraient : un arbre, un sourire, un détail d'immeuble. J'aimais l'ambiance de mon quartier, et l'idée d'éviter les grises mines du métro me réjouissait. Au bureau, je créais des offres commerciales à destination des ressources humaines des entreprises, pour les accompagner sur des problématiques comme réduire le stress ou favoriser l'égalité entre les gens. La réponse que nous apportions était théâtrale : nous nous rendions dans les entreprises et, au travers de saynètes écrites, des comédiens représentaient des comportements dans lesquels chacun pouvait se reconnaître et prendre conscience de la nécessité d'évoluer. Nous ne faisions jamais de leçon de morale ni de caricature. Notre petite équipe était solidaire et l'ambiance était drôle et chaleureuse. J'avais même réussi à introduire l'improvisation dans mon travail, et j'allais parfois aider des équipes à mieux se connaître ou mieux communiquer. Le soir, j'enfourchais à nouveau mon vélo et traversais Paris pour m'adonner à mes passions.

La première de ces passions était l'improvisation. Je faisais partie d'une troupe que nous avions montée à cinq. Chaque semaine, nous nous entraînions. Et deux fois par mois, nous mettions nos plus beaux habits et retrouvions notre public dans un petit théâtre du 18e arrondissement ou dans un bar au cœur de Paris. Les jours de représentation, j'avais du mal à me concentrer sur mon travail. Mon patron et ma collègue l'avaient bien compris et me laissaient faire le pitre dans tout le bureau pour me détendre. Une heure avant l'heure normale, Pégase et moi quittions les lieux et filions au théâtre.

Ma deuxième passion était l'escalade, dont j'avais fait la découverte alors que j'étais adolescente. Pour partir dans le vide alors que j'en avais si peur, il m'avait fallu me concentrer sur la roche, oublier le reste et presque l'épouser, en faisant confiance à mes pieds et au fait qu'ils étaient « là où il fallait », stables et sûrs. J'avais adoré cette sensation. Une fois là-haut, je n'avais pas hésité à faire attendre mon partenaire à l'autre bout de la corde, pour profiter quelques instants de cette solitude. J'étais face aux montagnes, et il n'y avait entre elles et moi que le ciel. Je m'étais sentie à la fois toute petite, face à cette immensité, et nourrie d'une confiance nouvelle, celle que j'étais allée puiser au fond de moi et dans tout mon corps au moment de lâcher prise, pour quitter le confort de ma position et me lancer dans le pas suivant.

Avec Lucile, une de mes meilleures amies, nous nous étions inscrites dans un club très spécial, qui prône la solidarité, l'autonomie et l'accès de ce sport à tous. La première fois que nous en avons franchi la porte, on nous a appris à grimper en tête : c'est nous qui allions tracer notre voie et poser la corde. Mais en y allant doucement : « Commencez petit, nous disaient les anciens, sinon vous allez vous fatiguer et vous décourager. »

À l'escalade, nous n'apprenons pas à éviter de tomber, nous apprenons à tomber ! C'est ainsi que l'on progresse, que l'on ose un pas de plus. On appelle même cela « voler », parce qu'on fait des sauts de plusieurs mètres dans le vide. À chaque minute, vous savez que votre vie est entre les mains d'un autre, qui ne vous lâche pas du regard et a toujours une main sur la corde. En fonction du moment, il vous encourage de ses mots fraternels, ou retient son souffle et sa parole en même temps que vous. Il arrive que l'on se retrouve coincé sur la voie, sans savoir comment parvenir jusqu'en haut. Pour s'en sortir, il faut se concentrer sur le présent : quel est le prochain petit pas que l'on peut faire ? Et si l'on accepte de ne pas savoir quels seront les suivants, on fait ce petit pas et une tout autre vue s'offre à vous. Souvent, c'est alors que tout se débloque.

Lors de nos séances d'escalade, chacun veillait sur tout le monde. Les amitiés qui se créaient étaient authentiques. Sous les habits de grimpe, les êtres sociaux des uns et des autres disparaissaient, on ignorait qui faisait quoi dans la « vraie vie », et l'on se retrouvait autour des valeurs que ce sport et notre club défendaient. Dans cet espace protégé, nous nous initiions à tomber, à progresser et à réussir, en comptant sur nous-mêmes et sur cet autre bienveillant.

Ces deux passions m'apprenaient ce que l'école n'avait pas pu m'apprendre, elles me donnaient le droit à l'erreur et construisaient ma confiance en moi et en l'autre. Elles m'autorisaient à être singulière tout en étant dans un groupe. Elles me faisaient aimer le vide et l'inconnu et m'en disaient un peu plus sur moi. Si elles n'avaient pas été là, aurais-je senti le décalage qui existait entre la vie que j'avais créée en la pensant rebelle, et celle que je rêvais de vivre sans le savoir, mais pour laquelle il me fallait remettre en cause le cadre fondamental de mon éducation ?

5.

C'est alors que les retards ont commencé. Retard du matin, lorsque mon réveil ne devait plus sonner une fois, mais cinq ou six fois, avant que je ne trouve l'énergie de me lever. Retard pour me doucher, parce que ma séance de lecture-petit-déjeuner-au-lit s'éternisait. Retard au bureau, sans même savoir comment me justifier (« Pardon, patron, je lisais un livre passionnant »). Retard pour transmettre mes offres commerciales, parce que je n'arrivais pas à me concentrer. Tout était en train de se dérégler, j'avais du mal à être complètement présente et je n'aimais pas cette sensation, je voulais bien faire et me sentir bien.

Une petite voix au fond de moi commençait à se faire entendre. Naïve, elle demandait : « Est-ce que tout cela a bien du sens ? » Effectivement, il y avait de quoi se poser la question. En allant rencontrer nos clients, nous voyions passer des rapports sur les suicides, les dépressions, le harcèlement et le mal-être. Les personnes en charge de ces sujets avaient, pour certaines, une volonté hors du commun, mais d'autres avaient sombré dans la résignation. Parce qu'elles n'étaient pas entendues. De plus en plus, mon sentiment était le suivant : nous mettions des pansements. Nos interventions étaient essentielles, elles réveillaient l'humain qui est en chacun, véhiculaient l'espoir et donnaient envie de se parler, d'agir, d'aller mieux. Mais pour que le changement puisse avoir lieu, il nous fallait la collaboration des dirigeants, et nous ne l'avions pas.

Il n'y avait pas assez de temps, pas assez d'argent, pas assez d'effectifs pour apporter du changement. Il valait mieux continuer à tirer sur la corde, maximiser les profits, gagner des parts de marché, rester concurrentiel. Les seuls qui auraient pu arrêter la machine étaient ceux tout en haut. Les autres, qu'ils soient managers, cadres, simples employés ou ouvriers, étaient simplement les victimes consentantes de ce système. Cette impression grandissait en moi : nous marchions sur la tête. Ou plutôt, tout un tas de gens marchaient les uns sur les autres sans s'en rendre compte, « parce qu'il était impossible de faire autrement ». Sans même essayer de faire taire ensemble les quelques voix d'en haut qui en voulaient toujours plus lorsque tout allait déjà pour le mieux du monde pour eux.

Je souffrais de ne pas pouvoir aller au fond des choses. J'essayais de trouver des idées pour aller plus loin, mais j'avais du mal à me faire entendre au sein de mon équipe, parce que nous devions aussi survivre. J'osais proposer, m'opposer, mais je manquais un peu de confiance en moi face à la forte personnalité de mon patron. C'est à ce moment-là qu'un vieux rêve est ressorti. Celui d'écrire. J'ai demandé à mon patron une demi-journée de libre par semaine pour me consacrer à l'écriture. Il me l'a refusée, et je suis partie. Plus tard, il m'a dit avoir regretté de ne même pas avoir essayé de me retenir. Mais sans ce départ, je ne serais pas en train d'écrire ce livre.

J'ai alors rejoint une start-up, une jeune entreprise technologique. Comme j'étais en télétravail, j'ai cru que j'aurais du temps pour écrire, mais ça n'a pas été le cas. Je me suis promis cette fois d'arriver à me faire entendre, mais ça n'a pas été le cas. J'ai pensé que les entreprises jeunes, dynamiques et florissantes avec lesquelles on travaillait seraient plus humaines que les grandes, mais ça n'a pas été le cas. C'était plus jovial, plus entraînant, plus souple, mais au final il était toujours question de la même chose : maximiser l'efficacité et la productivité (dans la bonne humeur !), peu importe si cela collait du stress (et, au passage, empêchait chacun de se questionner sur le sens global de ce qu'il faisait). Moi-même, j'avais le droit d'avoir des idées un peu folles, mais pour pouvoir les expérimenter il fallait que je démontre qu'elles seraient rentables ou tout du moins que je puisse mesurer leur impact. Parce quc, encore une fois, nous devions aussi survivre. Cela tuait ma créativité.

Une fois, une de mes collègues et moi avons organisé une virée à la Défense, le plus grand quartier d'affaires de Paris et, pour beaucoup, le symbole du travail qui perd son sens. Chaque matin, on s'entasse dans un métro bondé, pour rejoindre des tours immenses où l'on travaille dur et de manière anonyme, avant de rentrer chez soi dans un autre métro bondé. Ma collègue avait eu l'idée de nous déguiser toutes deux avec des combinaisons moulantes aux couleurs de notre start-up, qui nous cachaient de la tête aux pieds, et même le visage. Ainsi, nous avions l'air de bonshommes rigolos ou de super-héros. De mon côté, j'avais pensé à de grands panneaux que nous avons brandis en silence pour faire passer notre message de manière théâtrale. Notre intervention avait été remarquée ! Elle avait même fait parler d'elle sur les réseaux sociaux et m'avait permis de créer un contact intéressant avec une personne importante dans le milieu. Mais il n'y avait pas eu d'éléments chiffrés à l'issue de cette action, je n'avais pas su dire auprès de combien de personnes nous nous étions fait connaître, alors il avait été décidé qu'il était plus sage de ne pas recommencer.

En fin de journée, j'allais souvent m'aérer l'esprit avec des gens qui étaient eux aussi stressés et malheureux dans leur travail. J'essayais de les aider pour que les choses s'améliorent, mais je devais bien reconnaître mon impuissance puisque moi-même je ne voyais pas comment améliorer mon quotidien.

Alors que je tentais d'apporter de l'aide aux autres, c'est moi qui en ai reçu au moment où j'en avais le plus besoin. Un soir de grande solitude, j'ai retrouvé par hasard des amis qui se sont étonnés de me voir si vide, eux qui me connaissaient si joyeuse. Grâce à eux, j'ai sauté le pas et quitté ma start-up. J'avais maintenant deux ans de chômage devant moi, mais aucune idée de ce que j'allais en faire.

6.

La seule voie qui m'a alors paru possible était de quitter ce monde du travail auquel j'avais fini par cesser de croire. Mais pour la petite fille que j'avais été, dont l'éducation tournait autour du travail, c'était un énorme saut dans le vide. Je n'avais pas envie de tomber. Comme dans l'escalade, pour pouvoir lâcher prise il me fallait trouver autre chose sur quoi prendre appui. Aider les autres avait été le moteur de mes études puis de mes expériences professionnelles. Ce serait cela, la prise qui me permettrait d'abandonner mon quotidien : chercher à rendre les gens heureux, mais d'une nouvelle manière, que je ne connaissais pas encore.

C'est grâce à deux rencontres que je suis parvenue à complètement accueillir cette idée. L'une s'est faite avec un entrepreneur qui m'a raconté comment il avait réussi à se débarrasser de ses peurs pour suivre son intuition et sa passion. Un jour qu'il était au bord de la faillite avec l'entreprise qu'il avait créée, il s'était rendu à la plage pour faire le vide et tenter d'y voir plus clair sur la voie à suivre pour s'en sortir. Il avait alors compris que la peur d'échouer était une des barrières qui l'empêchaient d'avancer et s'était demandé ce qu'il adviendrait de lui non seulement s'il faisait faillite, mais aussi s'il était amené à tout perdre et à se retrouver à la rue. Il avait regardé autour de lui, conscient de la chance qu'il avait de vivre près de la mer, et s'était dit qu'il pourrait toujours y dormir plus ou moins au chaud, et en paix. Pour occuper ses journées, il lui resterait la lecture qu'il aimait tant puisque l'accès au livre était gratuit en bibliothèque. Pour manger, il arriverait bien à se débrouiller à droite et à gauche. Cela ne lui paraissait pas si fou ni invivable. Alors, il n'avait plus eu peur. Sans la peur, il avait pu se demander de quoi il avait vraiment envie. Contre l'avis de tous ceux qui l'entouraient, il avait décidé de faire de son entreprise ce qu'il rêvait d'en faire, et c'est ainsi qu'elle avait prospéré au-delà de tous ses espoirs.

Un soir, je me suis livrée au même exercice. Je me suis demandé comment je pourrais m'en sortir si je me retrouvais un jour sans argent. J'ai imaginé que je pourrais par exemple devenir jeune fille au pair si mes projets n'aboutissaient pas dans le temps que le chômage me laissait. J'adore les enfants et cela m'offrirait du temps libre pour continuer à explorer mes rêves. Je me fichais de ce que cela pourrait représenter socialement. J'ai même réfléchi à ma situation amoureuse. Après avoir eu plusieurs relations au long cours, j'étais célibataire depuis de nombreuses années et, évidemment, je rêvais de rencontrer quelqu'un. « Est-ce un problème si tu mets la question de côté pendant cinq ans, que tu te concentres sur tes envies et que tu tires un trait sur le fait de rencontrer quelqu'un pour l'instant ? » En mon âme et conscience, j'ai répondu un « non » franc et ferme, et d'un coup je me suis sentie plus libre.

L'autre rencontre s'est faite avec un entrepreneur nomade. Il avait décidé que peu importait son métier, il ferait de sa vie un voyage. En même temps qu'il avait monté sa société avec un associé sédentaire, il s'était mis à changer de pays tous les trois mois. « Trois mois, c'est assez pour découvrir un pays comme un véritable habitant et non comme un touriste. Et c'est insuffisant pour se sentir en zone de confort, ce qui fait que l'on reste toujours en mouvement. » C'était incroyable d'entendre cela. Jusqu'ici, je rêvais souvent non pas d'un seul ailleurs, mais de plusieurs. Je visitais des endroits, trouvais du charme à leurs habitants et à leur environnement, mais j'avais toujours envie de poursuivre ma route pour découvrir ce qu'il y avait plus loin. J'ai pris conscience que ce rêve nomade était possible.

Alors, j'ai décidé de partir. Partir, c'était échapper au milieu dans lequel je baignais, avec ses règles et ses présupposés, qui m'auraient menée aux mêmes résultats qu'avant. Partir, c'était accepter de ne voyager qu'avec mes inquiétudes à moi et me libérer de celles de mes proches : « Mais qu'est-ce que tu vas faire ? » « Et de quoi tu vas vivre ? » Partir, c'était me rendre libre de ce que les autres pensaient, de ce que j'avais pu faire auparavant, et de ce que l'on croit devoir faire parce que c'est ainsi que l'on a appris et toujours fait.

Et c'est à ce moment précis que l'une des personnes en qui j'ai le plus confiance professionnellement, Éric, qui a les pieds sur terre et le cœur idéaliste, m'a proposé de créer un projet avec lui. C'était ce dont je rêvais jusqu'ici : entreprendre avec un partenaire en qui j'avais une confiance sans limite. C'était comme si ce monde que j'essayais de quitter tentait de me retenir une dernière fois. Je pouvais encore dire oui, pour ne pas laisser passer cette chance de travailler avec quelqu'un d'aussi formidable, et pour avoir une idée de ce que j'allais devenir. Mais ne risquais-je pas de me laisser passer une nouvelle fois ?

Enfermée chez moi, j'ai tenté de faire le point et changé quinze fois d'avis (en moins de vingt-quatre heures) sur la bonne décision à prendre. Je savais que la réponse se trouvait quelque part en moi. Notre intuition et notre cœur en savent tellement plus que notre raison, alors j'ai décidé de les consulter. Comment consulte-t-on son cœur ? Une question étrange à laquelle je n'avais pas de réponse. Un garçon que j'ai aimé jadis m'avait dit : « Si tu décides d'écouter ton cœur, il trouvera le moyen de te parler. » Il avait raison.

Comme je suis une reine de l'introspection, je lisais de temps à autre un site Internet qui m'aidait à me poser des questions. J'ai bêtement tapé « consulter son inconscient » sur ce site, et j'ai trouvé un enregistrement audio appelé *Consulting Your Intuition* qui parlait exactement de cela. J'en souris encore aujourd'hui, de ce hasard de la vie. Cette après-midi-là, j'ai fermé les yeux et me suis concentrée sur la voix de l'auteur de l'enregistrement. Peu à peu, cela m'a plongée dans un état de sérénité et de détachement. En suivant les instructions, j'ai commencé par poser des questions à mon inconscient, comme si je discutais avec un ami à la terrasse d'un café, sauf que j'étais allongée sur mon lit, les yeux fermés.

« Que se passe-t-il si je reste à Paris et que j'accepte la proposition d'Éric ? » lui ai-je demandé.

Sur l'écran noir de mon imaginaire, une histoire s'est mise en place tout doucement. J'ai d'abord vu une chaise posée au milieu d'une pièce vide. Puis un petit garçon est apparu qui s'est avancé afin de monter sur la chaise. Une fois là-haut, il a naturellement levé le bras vers une étagère qui a alors pris forme. Il en a saisi un grand livre, comme un vieux grimoire. Lorsqu'il l'a ouvert, des cauchemars ont surgi entre les pages.

C'est alors que j'ai essayé d'en savoir plus :

« Qui est le petit garçon ?

— C'est toi.

— Et le livre, que représente-t-il ?

— C'est ta vie.

— Que signifie le fait que des cauchemars en sortent ?

— Que tu vas continuer à vivre dans tes peurs. »

Pas très réjouissant, tout ça. J'avais donc déjà ma réponse, mais il me fallait maintenant me donner envie d'avancer. J'ai donc continué l'expérience.

« Que se passe-t-il si je pars et me lance dans un projet encore inconnu ? »

J'ai attendu plus longtemps, cette fois. Des images toutes faites, inventées par mon cerveau, ont commencé à venir. Je les ai chassées car je savais que ce n'était pas mon inconscient qui parlait, mais au contraire mon désir de contrôle. J'ai encore attendu plusieurs longues minutes, dans le noir.

Et puis, tout à coup, cette petite fille est apparue. Elle était blonde avec de longs cheveux relevés en queue-de-cheval, comme moi petite, elle portait de grandes lunettes, comme l'adulte que je suis aujourd'hui, et affichait un sourire qui parcourait tout son visage. J'ai demandé :

« Qui est cette petite fille ?

— C'est toi. »

Cela aurait pu suffire, cette vision si resplendissante de joie. Mais j'ai poursuivi. La petite fille s'est approchée d'une haute tour gris foncé. En bas de la tour se trouvait une cage. Tout était comme dessiné au fusain, noir et un peu flou. À l'intérieur de la cage, je distinguais des formes humaines qui faisaient peur.

« Qui sont ces gens ?

— Ce sont tes ancêtres. »

À droite de la tour, un escalier s'est dessiné. Il était gris lui aussi, mais d'un gris plus clair et ses contours étaient plus nets. La petite fille a commencé à en monter les marches, d'un pas enjoué et décidé. Cela a duré un petit moment, jusqu'à ce qu'elle dépasse la cage et les ancêtres, puis la tour, et qu'il n'y ait finalement plus rien aux alentours.

Elle continuait cependant à grimper.

Soudain, en haut des marches, une lumière est apparue. La plus belle lumière que j'aie vue de ma vie. Je n'ai pas eu besoin de demander ce que c'était, elle me donnait envie. Sous cette lumière brillait un océan d'un bleu magnifique.

« Que signifie cet océan ?

— C'est ton monde. Tu vas devoir apprendre à nager dedans, mais il sera le tien. »

J'ai ouvert les yeux. J'étais prête à embrasser l'inconnu.

Le soir, je dormais chez ma mère car j'avais laissé mon appartement à des amis. Je suis rentrée tard et en plein milieu de la nuit j'ai décidé d'acheter des billets d'avion. Quelques jours auparavant, lorsque j'avais émis l'idée de partir voyager, elle avait laissé échapper cette phrase : « C'est pas comme ça que tu vas rencontrer un mec ! » Toute la pression de la société résumée en quelques mots. Je savais qu'elle essaierait à nouveau de me convaincre de rester et, même si j'étais prête, le doute pouvait m'envahir. Alors, à 2 heures du matin, j'ai réservé deux destinations au hasard : Berlin et Lisbonne, l'une parce qu'elle m'évoquait la liberté, l'autre l'authenticité.

Le lendemain matin au petit déjeuner, je vois ma mère se lancer d'un ton hésitant dans une conversation des plus importantes :

« J'ai repensé à la proposition qu'Éric t'a faite… »

Je l'interromps avec un sourire en coin.

« Maman, c'est trop tard, j'ai pris des billets d'avion cette nuit. »

Elle me regarde, dépitée, mais ne peut refréner elle aussi un sourire.

Je savais que derrière cela il y avait toute l'inquiétude d'une mère, l'incompréhension, la désolation peut-être en fond : « Mais tu es douée et tu as fait de brillantes études, pourquoi est-ce que tu ne sais pas profiter de cette chance ? Pourquoi est-ce que tu ne peux pas travailler normalement, comme tout le monde ? » Elle n'a pas dit tout cela, et je l'en remercie. Je n'étais pas encore assez forte pour répondre, je savais juste que c'était ainsi.

Elle a ajouté : « Tu n'auras pas un euro, tu sais. »

Je n'attendais rien, évidemment, j'assumais les conséquences de mes actes. Le jour de mon départ, ma tante a tout de même glissé une petite enveloppe dans mon sac : « C'est de ma part et de celle de ta mère, c'est… disons, un investissement dans ton projet. » C'était ce qui me permettrait plus tard d'acheter mon premier véritable appareil photo, d'occasion.

Quant à Éric, je lui ai raconté cette aventure intérieure pour lui expliquer ma décision. Il m'a regardée de son sourire sage et de ses yeux émerveillés de tout, puis il a dit en riant : « Si après cela tu ne te décides pas à partir, c'est moi qui t'y pousserai. » Rien ne pouvait plus me retenir maintenant que j'avais franchi l'étape familiale, mais cela faisait du bien d'entendre ces mots de la part de « quelqu'un qui a les pieds sur terre ».

Le départ était prévu pour le 25 février 2015. Nous étions le 18 janvier, il me restait un peu plus d'un mois. Un mois pendant lequel il me faudrait préserver la confiance de cet élan et réussir à ne pas prévoir la suite.

7.

L'attente n'était pas évidente. Alors, pour m'occuper, je me suis attelée à préparer mon départ consciencieusement et minutieusement.

J'ai trouvé des personnes formidables pour souslouer mon appartement et m'assurer ainsi une sécurité : si tout cela n'était qu'une lubie, je pouvais revenir au bout de six mois sans trop de frais, je retrouverais mon chez-moi et mes meubles. Il me fallait tout de même faire de la place à ce couple pour qu'il puisse s'installer et vivre bien ici. C'est ce qui m'a motivée à ranger, j'avais décidé de vider la moitié de mon appartement pour eux. Plus qu'une vague mise en ordre où l'on cache tout dans les coins, plus qu'un ménage de printemps où l'on commence par tout mettre sens dessus dessous, j'abordais en réalité une grande phase de rangement de ma vie.

Je lisais à cette époque un livre sur le zen et les relations humaines, *Le Zen et l'art de tomber amoureux*, de Brenda Shoshanna. Chaque semaine, j'entamais un nouveau chapitre et m'apercevais que les conseils prodigués allaient dans le sens de ce que je venais d'accomplir. Cela m'encourageait à continuer.

Il y était notamment dit qu'il est bon de savoir faire le ménage dans les choses passées afin de pouvoir laisser entrer le présent. C'est ce que, sans le savoir, j'étais en train de faire. Une danse de la vie et de la mort s'était mise en marche. Sans oublier qu'il avait existé et que je portais en moi ses traces, je laissais partir le passé pour pouvoir m'alléger, continuer à cheminer et faire naître les souffles de vie nouvelle.

J'ai jeté des tonnes de paperasse que je gardais « au cas où ». Des anciens cours. Tous mes carnets d'écriture, hormis les trois derniers, qui contenaient mes tentatives passées de raconter des histoires, mes états d'âme, mes réflexions. Une pile presque aussi haute que moi d'ordonnances médicales. La réalité me sautait au visage : toutes mes douleurs intérieures s'exprimaient par mon corps. Chaque fois, c'était le même refrain : je souffrais, j'allais voir le médecin qui mettait des mots scientifiques sur mes maux et me donnait un traitement que jamais je n'appliquais. Une petite voix tout au fond de moi savait que cela ne rimait à rien. J'avais bien tout un tas de petites maladies, je ne les inventais pas, mais je comprenais à quel point elles venaient de l'âme. J'ai décidé à ce moment précis que, dans les mois à venir, j'allais trouver des solutions pour me soigner autrement. Peut-être était-il temps de prendre simplement soin de moi.

Je me suis aussi séparée de la plupart de mes bijoux. Un bijou, c'est hautement symbolique, une part de notre histoire, un signe d'affection que l'on porte sur la peau. Je sentais que le renouveau ne pouvait s'orner d'anciennes parures. J'ai vendu les rares objets qui avaient de la valeur pour financer mes billets d'avion. Les autres, je les ai glissés dans un joli sac en toile que j'ai accroché à un poteau au coin de ma rue, avec un petit mot : « Prenez ce qui vous fait plaisir et remettez ensuite le sac dans la rue, avec ce petit mot. Profitez de la vie. Aurélie. » Je ne saurai jamais combien de temps le sac a voyagé, mais j'ai eu beaucoup de plaisir à l'imaginer. J'ai ensuite vendu ou donné la moitié de mes livres. Le choix était compliqué, la séparation aussi, les livres étaient mon bien le plus précieux.

J'ai fait le ménage parmi un tas d'objets, électroniques ou non, dont on pense avoir besoin mais qui en réalité ne nous apportent pas grand-chose. J'avais chez moi un vieil ordinateur de dépannage. Je l'ai pris sous le bras, ou plutôt sous les bras, parce qu'il pesait son poids, le bougre : direction le magasin informatique pour le « nettoyer ». Puis j'ai cherché à le donner à un gamin du quartier, pour faire un heureux, et en même temps contribuer à préserver l'environnement. On pourrait croire que c'est simple de faire cette démarche, mais il n'en est rien. Il m'a fallu plus d'une matinée, une dizaine de coups de fil à des associations, de déambulations dans des maisons de quartier, pour arriver à trouver la personne qui mènerait l'ordinateur à bon port. Cela m'a interpellée. On vit dans une société technologique où tout acte de consommation se simplifie, mais pour donner quelque chose plutôt que de le jeter, c'est le parcours du combattant.

Après cela, j'avais un goût de joie dans le cœur, je me sentais comme une héroïne de roman, qui œuvre dans le secret et se nourrit du bonheur qu'elle imagine sur le visage de gens qu'elle ne verra jamais.

Chaque jour, j'en faisais un petit peu. Il m'était impossible de tout faire d'un coup et de travailler trop longtemps à cette tâche dans la même journée. Émotionnellement, c'était chargé. Je voyais mon passé défiler dans chaque objet puis s'en aller dans chaque acte de séparation. J'ai pleuré. J'ai été nostalgique. Je pensais avoir déjà vidé mon appartement des objets du passé, je remarquais à quel point celui-ci était encore présent. Bien sûr, nous sommes aussi faits de ce que nous avons vécu ; aussi, je ne reniais rien, je n'effaçais rien, mais je laissais tout cela prendre moins d'importance que le présent n'en avait. Tout ce qui comptait était déjà ancré en moi, le reste pouvait prendre le large.

Une fois ce travail terminé, je me suis sentie légère comme je ne l'avais jamais été. Je m'étais figuré que ce genre d'expérience pouvait apporter beaucoup, mais je n'en avais pas encore vécu la profondeur et la force. J'étais prête à accueillir l'aventure, à franchir toutes les barrières, à desserrer tous les freins pour me lancer dans l'inconnu. J'étais même prête à ce que le voyage ne soit constitué de rien puisqu'il m'avait déjà permis un tel renouveau.

Quelques jours avant le départ, mon amie Lucile m'a emmenée faire une randonnée dans Paris pour découvrir la ville autrement, avec à la main un guide du Paris insolite. Sous nos yeux se sont présentées des images que nous n'aurions jamais associées à notre ville, des rues à l'allure campagnarde, des carreaux de faïence aux émanations de Sud et tant d'autres trésors. Nous marchions dans un Paris jusque-là inconnu. Quel beau cadeau de départ que ce voyage chez soi !

Je n'avais pas conscience, avant cette marche, que j'étais en train de dire au revoir à Paris, la sensibilité de mon amie avait pris le relais en me faisant faire ce parcours.

À la fin de nos cinq heures de marche contemplative, nous nous asseyons sur un banc où nous faisons la connaissance d'un homme ordinaire et heureux avec qui nous discutons longuement. Le soir, je partage cette belle rencontre sur un réseau social américain bien connu au logo bleu (si, si, vous voyez bien de quoi je parle !). Une vingtaine de personnes, pour certaines des amis chers, d'autres que je connais à peine ou dont j'ai rarement des nouvelles, me disent qu'elles ont eu plaisir à me lire. Deux ou trois d'entre elles m'encouragent même à aller plus loin.

À peine avais-je rangé toute ma vie que le présent, avec quelques jours d'avance, faisait déjà irruption. Je ne le savais pas encore mais les lignes que je venais de partager étaient les prémices de mon projet :

> On s'est assises sur un banc du 20e arrondissement, son chien est venu pisser à nos pieds, ça nous a fait marrer, on a engagé la conversation. Il s'est roulé une cigarette et a commencé à nous parler littérature. Il avait 60 ans et en paraissait 70. Il était distingué mais baladait un sac crado. Il avait plein de manières et un ton théâtral, il se souvenait de mille citations. On le pensait critique littéraire alors qu'il travaillait chez Air France. Il nous a raconté tous les secrets de George Sand, on se serait crues sur France Inter. C'étaient 45 minutes magiques.
>
> *Paris, France, 17 février 2015*

8.

Lorsque ma mère s'est rendu compte qu'elle ne pourrait pas m'empêcher de partir, une question lui est venue à l'esprit (et à la bouche, vous l'avez compris, ma mère n'a pas la langue dans sa poche) : « Que vais-je répondre à mes amis qui me demandent ce que tu vas faire à l'étranger ? »

Cela m'a fait sourire parce que je savais que sa question n'était que le reflet de celle que la société allait dorénavant me poser : « Vas-tu faire quelque chose d'utile ? »

Soyons claire : je n'avais pas d'emploi et aucune intention d'en chercher un, j'avais deux billets d'avion réservés dont l'un avait pour destination le Portugal en pleine période estivale, je n'avais pas de site Internet et aucune idée de ce que j'allais faire. Effectivement, je comprenais que ma mère puisse s'inquiéter.

Quelques mois plus tard, quand les choses ont commencé à se préciser, l'un de ses amis s'est risqué à lui demander :

« Mais ta fille, elle bosse dans quoi, en fait ?

— Eh bien… C'est un peu compliqué, mais elle travaille dans la rue. »

Un ange passe.

« Elle ne fait pas le tapin tout de même ? »

Voilà qui confirmait ce que j'observais souvent : lorsqu'on ne comprend pas ce que les gens font parce que cela sort du cadre habituel, on imagine le pire.

Pourquoi n'imagine-t-on pas le meilleur ? La question reste entière.

9.

Pendant ces semaines de préparatifs, si je pouvais me retenir d'agir, j'avais grand mal à ne pas penser à la suite. J'allais monter un projet pour « rendre les gens heureux » et je cherchais à savoir en quoi cela pouvait consister.

Qu'allais-je faire de ce vaste inconnu qui s'offrait à moi ? Quelque chose d'extrême, comme découper en morceaux ma carte bleue, voyager sans argent, partir en excursion au fond des bois ? En réalité j'étais bien plus sage et je commencerais par faire ce que j'avais appris à faire d'ordinaire. Je monterais un projet Internet : je créerais un site sur lequel je partagerais des articles, photos et vidéos qui aideraient les gens à être heureux. Grâce à cette mission je retrouverais du sens. Avec du travail et de la chance, je pouvais espérer avoir de nombreux lecteurs, et peut-être qu'un jour cela me rapporterait de l'argent pour vivre. C'étaient des petits pas qui, comme en escalade, me semblaient réalisables.

J'avais fait un constat : nombre de sites de développement personnel parlaient de réussite et mettaient en valeur une certaine excellence, nombre de livres sur le bonheur étaient le fruit de réflexions de philosophes, psychologues ou personnes connues. Ce que je voulais, moi, c'était un site où nous puissions tous nous reconnaître, qui nous donnerait de l'espoir parce qu'il serait à notre portée et que, par-dessus tout, il parlerait de « nous », les gens ordinaires.

De temps en temps, je discutais avec mes proches de mes désirs d'accomplissement dans mon travail, de ma quête d'un quotidien qui me passionne et qui fasse sens pour la société. Un jour, un membre de ma famille m'avait dit : « C'est bien de rêver, mais ça ne paye pas les factures ! » Alors je lui avais cité une personne célèbre qui avait réussi à vivre ses rêves et à payer ses factures en même temps. Mais j'avais tout de suite compris l'erreur de prendre pour exemple quelqu'un qui sortait de l'ordinaire. « Des gens comme ça, il y en a un sur un million », m'avait-il rétorqué. Cette phrase avait renforcé mon désir de m'adresser à tous, non pour convaincre que nous pouvions tous être ce « un sur un million », mais au contraire pour montrer que nous étions des millions de personnes à pouvoir être heureuses de notre vie, peu importe que celle-ci soit « un succès ».

Une fois ce constat fait, j'avais cherché un nom qui corresponde à cette idée du bonheur. Je passais mes débuts de nuit à noter d'innombrables mots dans mes cahiers. Jamais satisfaite, je m'endormais avec l'espoir que le lendemain m'apporterait des réponses. Je n'ai aucune idée de quand ni comment l'expression définitive a surgi, preuve que je n'étais pas en train d'y réfléchir. Mais j'ai tout de suite su que ce nom tombé du ciel était le bon : Ordinary Happy People. Il résonnait avec le message que j'avais envie de partager.

Le jour de quitter mon appartement est arrivé. Mais avant le grand départ pour Berlin, je débutais par une semaine à Londres chez des amis, Agathe et Martin. Un voyage prévu depuis longtemps, lorsque je travaillais encore dans la start-up. Les premiers balbutiements de la liberté. Je pouvais me mettre à mon projet et, en même temps, je n'étais pas seule.

Pour créer le site Internet, j'ai choisi un modèle clef en main que j'ai ensuite bidouillé. Non sans mal de tête mais avec une petite fierté. J'ai même mis les mains dans le code (c'était un peu comme mettre les mains dans le moteur d'une voiture, alors que je ne connaissais pas grand-chose en mécanique). Quelques jours plus tard, c'était sur pied. Pour le logo, j'ai été tentée de gribouiller sur un papier mais, connaissant mes compétences, je m'en suis remise à un logiciel de graphisme sur Internet. En une journée, c'était plié. Plus tard, on m'a félicitée pour le logo, comme s'il avait été dessiné par une agence. En réalité il ne m'a rien coûté, et le prix du site ne s'est élevé qu'à une centaine d'euros.

Maintenant que tout cela était en place, l'heure de l'action était venue. Le genre d'actions dont je rêvais quand je travaillais dans la start-up, lorsque je m'étais rendue à la Défense déguisée de la tête aux pieds en brandissant de grands panneaux. Cette fois, j'ai dit à Agathe et Martin que j'allais me balader dans le parc avec un tableau effaçable autour du cou et mon téléphone portable au bout d'une perche pour filmer la scène. Ils ont ri et m'ont suivie. Cachés au milieu de la verdure, ils m'ont observée alors que je demandais aux gens d'écrire sur le tableau pourquoi aujourd'hui était une bonne journée pour eux. Les Anglais, d'une manière enjouée, se pliaient facilement au jeu et me donnaient des réponses simples : il faisait soleil (une fois n'est pas coutume !), ils passaient du bon temps et bavardaient avec un ami, ils faisaient du sport ou s'adonnaient à leur passion.

À un moment, Martin m'a dit : « Et toi, tu ne réponds pas à la question ? » Alors, spontanément, j'ai pris mon tableau et mon stylo, et j'ai écrit : « Je suis heureuse car je fais sourire les gens. » Et j'ai continué à marcher. Ceux qui croisaient ma route se mettaient alors eux aussi à sourire.

Grâce aux compétences d'Agathe j'ai appris sommairement à faire du montage vidéo. À la fin de cette première semaine, j'ai mis en ligne quelques photos et suis repartie avec, dans mes bagages, un premier film à monter. Les retours que je recevais à propos des photos étaient encourageants : j'avais fait sourire des gens mais cette fois sur Internet !

Au fil des rues de Londres avant de m'en aller, je croisais encore quelques personnes joviales qui me parlaient de leur bonheur. Le projet prenait forme : je relatais des morceaux de vie de gens ordinaires et heureux et j'osais même agrémenter cela d'une photo prise maladroitement avec mon téléphone portable juste parce qu'on m'avait dit : « Ce serait chouette de voir la tête des gens ordinaires dont tu nous parles. »

Puis est venu le moment de m'envoler pour l'aventure, la vraie. En solo.

10.

Quelques jours plus tard, assise à une table de café, bercée par une musique jazz joyeuse et excentrique qui laissait résonner les maracas dans une ambiance typiquement berlinoise, je faisais le point sur mes premières vingt-quatre heures en tant que nomade.

Ma petite cousine m'avait amenée à l'aéroport avec ma grosse valise, versant quelques larmes au moment de me laisser sur le bord du trottoir. Je n'avais pas pu en faire autant parce que, heureusement, je ne ressentais rien. Inconsciemment probablement, j'avais bloqué tout sentiment en rapport avec mon départ. Même lorsque j'étais montée dans l'avion : pas de peur, pas d'excitation, pas de joie, rien. C'était très étrange, mais grâce à cela je me sentais en paix.

Seule une petite étincelle avait réussi à percer lorsque l'avion avait atterri à Berlin, un sourire d'enfant était venu se dessiner sur mes lèvres et un mot s'était spontanément échappé de ma bouche : « Liberté ».

L'anxiété avait fini par venir au moment de traverser une partie de Berlin à pied en tirant ma valise à bout de bras parce qu'elle était trop lourde pour que je puisse monter ou descendre les escaliers du métro. La ville était grise et sombre. J'avais prévu une arrivée en milieu d'après-midi, mais la nuit commençait déjà à tomber. Le soleil se couchait presque une heure plus tôt que chez nous. Il pleuvait de fines gouttes et l'air était froid. J'étais dans un univers inconnu, fait de grandes tours modernes juxtaposées à d'imposants bâtiments anciens. Je marchais dans un espace large qui me semblait démesuré. Il y avait de la place, trop de place. Berlin paraissait désert.

J'avais fini par arriver « chez moi » : une colocation que j'avais trouvée tant bien que mal sur Internet avec un peu de culot mêlé d'humour et de beaucoup de chance. La propriétaire et les colocataires m'avaient semblé sympathiques et ils l'étaient. Mais j'avais été chamboulée en arrivant : pas de dîner ensemble, peu d'échanges, chacun restait chez soi, dans sa chambre. Je n'avais pas à me plaindre car j'avais la plus grande. J'y découvris cependant en guise de lit un matelas et un sommier à lattes tous deux cassés, posés sur des vieux cartons de bananes poussiéreux. Le tout était branlant et spartiate.

Avant mon départ, je m'étais figuré que mon aventure ne me mettrait peut-être pas assez hors de ma zone de confort, que j'aurais pu aller plus loin dans ma démarche. Mais, à cet instant précis, je n'ai pas regretté de ne pas avoir découpé ma carte bleue ou de ne pas être partie en excursion au fond des bois. Commencer par ce premier pas avait déjà tout d'une aventure pour la Parisienne que j'étais. Je me sentais complètement perdue, je ne reconnaissais pas l'atmosphère ni les gens.

Que fait-on lorsqu'on est perdu ? On se met à l'ouvrage. On essaie de trouver quelques repères. Dès le lendemain de mon arrivée, j'ai commencé par travailler, en faisant du montage sur la vidéo tournée à Londres. Puis j'ai arpenté les librairies à la recherche d'un livre en anglais pour m'habituer à cet ailleurs avec un objet qui me ferait me sentir chez moi. Après, je me suis penchée sur la question du confort. À la fin de cette journée, je me suis retrouvée avec un lit réparé à coups de gros Scotch grâce à un de mes colocataires qui m'avait lancé : « T'inquiète, Aurélie, mets un bout de Scotch et ça ira, c'est juste un lit », un vélo d'homme avec les freins cassés qui appartenait à ma propriétaire (« T'inquiète, Aurélie, c'est juste un vélo », avait ajouté mon colocataire), et un verre à la main pour trinquer avec moi-même : « Ça y est, je l'ai fait, je suis arrivée au bout de cette première journée en terre inconnue. »

11.

Le premier jour était passé mais il restait tous ceux à venir. Comment allais-je m'en sortir ? C'est une question que je me posais souvent. Moi qui avais toujours travaillé en équipe, je n'avais plus personne pour me guider, me suivre ou m'inspirer, avec qui échanger sur les coups durs, les idées, les doutes. J'étais seule et il me fallait trouver ma force.

Chaque fois que j'avais entrepris des projets à plusieurs, j'avais ressenti la frustration de ne pas pouvoir aller au bout de mes intuitions. Celles-ci étaient fortes, malheureusement je ne disposais pas d'une confiance suffisante pour les mettre en valeur et me battre pour elles. Il était temps que je sache ce que j'avais dans le ventre et ce que pouvaient réellement m'apporter ces intuitions si je les suivais pleinement. Voilà pourquoi j'avais choisi de mener ce projet seule et sans plan.

Mais je savais que ça ne serait pas une mince affaire et que le fantôme de la solitude viendrait rôder assez vite. Je crois que je ne remercierai jamais assez les quelques amis qui m'ont soutenue avec une constance à toute épreuve, en écoutant mes tergiversations, mes questionnements, mes changements de décision et mes pleurs parfois aussi. Sans jamais me dénigrer, en me rassurant toujours, en respectant ce que je vivais et même en le soutenant pleinement. Sans eux, je n'y serais jamais arrivée.

Après avoir monté mon premier film, après son bel accueil sur les réseaux sociaux, j'ai songé aux suivants. Il fallait que je me tienne occupée pour ne pas avoir de baisse de moral. J'ai tourné une seconde vidéo dans les rues de Berlin, où cette fois je demandais à chacun de mes interlocuteurs quel conseil il donnerait aux autres pour trouver le bonheur. Le résultat était très différent du premier : je ne sais pas si c'était dû à la question qui était plus profonde ou à une différence culturelle entre les Anglais et les Allemands, mais la spontanéité n'était plus de mise. Les gens réfléchissaient beaucoup et donnaient des réponses élaborées. Ils parlaient d'accomplissement personnel, d'activités apaisantes pour l'esprit et du bien que l'on peut faire aux autres.

Les vidéos suivantes n'ont jamais vu le jour. Seule la mémoire de mon ordinateur en garde la trace. Des heures et des heures d'enregistrement qui ont sombré dans l'oubli. J'avais toujours de nouvelles idées pour faire plaisir aux gens, interagir avec eux de manière différente et les questionner sur le bonheur. Mais garder une sincérité et une spontanéité dans les échanges tout en filmant toute seule de belles images m'était impossible. Si j'avais été une professionnelle de la vidéo, cela aurait peut-être été différent.

Très vite, je me suis retrouvée allongée sur mon lit tous les matins à regarder le plafond. Je n'en menais pas large et ne savais pas quoi faire pour m'en sortir.

On peut dire que j'étais en bonne position pour aider les autres à être heureux !

Le contexte n'aidait pas non plus. Berlin est une ville qui recèle une certaine magie car elle bouillonne sur le plan artistique, comme sur celui de l'entrepreneuriat et des projets alternatifs. Mais ce que je ne savais pas, c'est qu'on y apprend avant tout à être seul. Il est possible d'y être qui l'on veut, d'y faire ce que l'on souhaite, car personne ne vous regarde de travers. Pour la simple et bonne raison que personne ne vous regarde tout court. Je passais des soirées dans des cafés à rencontrer des gens avec qui j'avais de longues discussions philosophiques, qui tout à coup se levaient et rentraient chez eux alors que je n'avais pas fini mon verre. Je n'en avais pas vraiment l'habitude : en France, j'avais plutôt affaire à ceux qu'on ne peut plus arrêter de parler et qui vous collent aux basques.

Je me souviens d'un soir qui a constitué un tournant. Je cherchais désespérément un peu de soutien dans cette solitude et venais (ô merveille !) de passer une soirée entourée de gens sympathiques. C'est guillerette que je traversai la ville à 2 heures du matin sur mon vélo pour rentrer chez moi.

C'est alors que j'ai vu cette jeune femme aveugle avec sa canne blanche. En roulant plus doucement, j'ai compris qu'elle tournait en rond, l'air apeuré et perdu. Je me suis arrêtée et j'ai observé : malgré l'heure tardive, des dizaines de jeunes en chemin pour aller faire la fête passaient à côté d'elle. Personne ne s'arrêtait. Comme si personne ne la voyait.

J'ai proposé mon aide à la jeune femme et elle s'en est méfiée. Elle cherchait une boîte de nuit dont tout le monde a entendu parler dans Berlin. J'ai demandé notre chemin à quelques personnes qui n'avaient pas de temps à nous accorder. Les larmes commençaient à me monter aux yeux et celle que j'avais voulu prendre sous mon aile cherchait à m'échapper. Jusqu'à ce que nous tombions sur deux hommes essayant de nous séduire, pas le plus élégamment du monde. Alors elle a pris mon bras et s'est accrochée à moi, j'avais gagné sa confiance en parvenant à me débarrasser d'eux. C'est à ce moment que la boîte de nuit est apparue sous mes yeux, j'ai laissé ma protégée au bras du videur et je suis repartie sur mon vélo.

J'ai repris tout doucement la route, en éclatant en sanglots. Quelle était cette ville qui se souciait si peu des autres qu'elle pouvait laisser errer une personne handicapée sur ses trottoirs sans que quiconque intervienne ? Quelques jours plus tard, j'ai compris. Cette ville était celle de la liberté qui se conquiert dans la solitude, c'est donc ce qu'il me faudrait faire.

J'ai commencé cette conquête par les petits plaisirs, par la connexion à ce qui m'entourait. Rester allongée sur mon lit à regarder le plafond n'allait pas m'aider. J'avais bien essayé quelques allers-retours entre mon lit et mon bureau, mais sans succès.

Alors je suis sortie. Je me suis accordé le temps de me balader, sans objectif productif, sans obligation de résultat. Pendant que certains faisaient leur jogging, que d'autres allaient au travail ou encore déposaient leurs enfants à l'école, je suis allée marcher le long du canal. J'ai regardé l'eau passer, les branches des arbres frémir, et tous les petits détails autour de moi : un chien qui courait, un cygne qui s'envolait, une péniche qui naviguait. À un moment, j'ai remarqué que la plupart des gens que je croisais me souriaient. Même ceux qui avaient l'air en retard et pédalaient à toute vitesse. Était-ce dû au fait que mon visage était contemplatif et joyeux ?

Mes pas ont suivi ce que mes yeux prenaient plaisir à regarder, et une profonde connexion s'est établie, avec la nature d'abord, puis avec l'autre, avant d'arriver à moi-même. En marchant comme cela, j'ai senti la joie revenir, la confiance grandir et les idées émerger. J'ai fait de jolies rencontres car mon cœur était plus ouvert.

Mais c'était encore branlant et fragile. À peine revenue, la joie repartait le lendemain, il fallait à nouveau la conquérir, un peu de la même façon, et un peu différemment. J'ai appris à comprendre ce qui me nourrissait.

Un autre moment fort a contribué à renforcer cette confiance que je m'attelais à bâtir : je suis partie à Prague un week-end sur un coup de tête. Je m'y suis retrouvée plus seule que jamais, entourée de touristes qui effaçaient par leur omniprésence les gens du pays, plus discrets, avec lesquels il était difficile d'entrer en contact. J'ai pleuré, encore. J'ai cherché du réconfort, encore. Rien n'est venu.

De nouveau, j'ai laissé mes pieds me guider. Je me suis retrouvée par hasard loin de Prague, dans une zone industrielle, au milieu d'une cité habitée par des gens à la bonne humeur sans pareille. Puis dans un parc à la végétation foisonnante. La pluie et la nuit ont commencé à tomber, j'ai mis mon casque de musique sur les oreilles et, sans prévenir, mon corps s'est mis à danser, ma voix à chanter. Je riais de tant de simplicité : cette joie venait de moi, n'était partagée qu'avec moi et il m'avait suffi de quelques plaisirs simples pour m'y connecter avec force.

Lorsque je suis rentrée de ce court voyage, je me suis sentie presque invincible. J'avais compris comment retrouver la force qui parfois me manquait. Je savais qu'elle existait en moi et que je pouvais m'y connecter.

Chaque jour, c'est donc ce à quoi je me suis attelée.

12.

Un dimanche matin, je grommelais contre tous mes essais vidéo ratés. Forte de mon apprentissage sur la confiance, je faisais le point pour retrouver du courage. Au fond, le but de tout cela, quel était-il ? Rendre les gens heureux. Je n'avais qu'à oublier ma caméra, Internet et tout ce qui s'ensuit pour tout simplement aller redonner le sourire à ceux qui se trouveraient dans un endroit où l'humeur était plutôt maussade. Je n'avais pas besoin de connaître la ville comme ma poche pour savoir que le métro était l'endroit rêvé. C'est une loi universelle : dans le métro, on tire la tronche.

Sur un grand panneau que j'avais acheté au début de mon séjour, j'ai écrit : « Souriez avant d'entrer (et aussi après). » Je suis partie à vélo, mon panneau sous le bras, en direction de la station de métro Warschauer Straße car je savais que là il y avait du passage. Arrivée sur place, j'ai acheté un ticket de métro et j'ai commencé par parcourir toute la ligne à bord du métro, en descendant et montant à chaque station pour accueillir les voyageurs avec mon panneau.

Mais il n'y avait pas beaucoup de monde et j'ai essuyé un premier échec. Je me retrouvais face à quelques personnes qui aimaient bien mon panneau mais qui se trouvaient intimidées par la configuration de mon petit jeu : nous étions deux ou trois à nous regarder dans le blanc des yeux pendant le trajet.

Heureusement, avec mes années d'improvisation je n'en étais pas à mon premier inconfort face au public. Et puis surtout, j'avais appris à persévérer et à sentir ce dont le public avait besoin. Il fallait que je me fonde un peu plus dans la foule pour que chacun puisse profiter d'échanger un sourire en tout anonymat. J'ai donc repris le métro dans l'autre sens jusqu'à la station Warschauer Straße et j'ai décidé de m'y installer.

Au moment de descendre du wagon, comme pour me donner un nouvel élan, un homme passe devant le panneau et me sourit tout en continuant son chemin. Quelques minutes plus tard, alors que je me suis plantée devant l'entrée de la station de métro, je le vois revenir.

« Mademoiselle, j'étais en train de me rendre à un rendez-vous mais j'ai rebroussé chemin pour vous dire une chose : merci. Vous savez, c'est précieux le lien humain et ce que vous faites est essentiel. » Puis, alors que se faire la bise n'est pas de coutume à Berlin, il m'embrasse sur les deux joues et reprend sa route.

Sur mon visage s'est imprimé un large sourire et dans mon cœur une confiance suffisante pour continuer l'expérience. Bien m'en a pris car voici ce qui s'est passé ensuite :

– 3 personnes m'ont prise dans leurs bras,
– 25 enfants m'ont demandé ce qui était écrit sur le panneau,
– 15 personnes ont levé le pouce en passant,

– 1 fille a collé un cœur autocollant sur mon manteau,

– 20 personnes ont pris une photo de moi, ou d'elles et moi, avec le panneau,

– 1 dame a failli recevoir une énorme crotte de pigeon parce qu'elle s'est arrêtée pour prendre le temps de me sourire (heureusement, elle ne s'est aperçue de rien),

– 30 personnes ont dit « merci »,

– 2 touristes ont reçu de mauvaises indications de ma part lorsqu'ils m'ont demandé leur chemin (mais ils étaient quand même contents),

– 1 jeune femme m'a offert un verre de prosecco (c'est comme ça Berlin, c'est festif, on y boit dans le métro),

– 1 type plus ou moins à la rue a tenté pendant une demi-heure de me convaincre de monter une association de malfaiteurs avec lui,

– 250 sourires ont pénétré dans la gare ce dimanche-là, sur le visage de gens tous différents : des vieux, des jeunes, des bébés, des bobos, des snobs, des punks, des artistes, des SDF, des gens bourrés, des touristes, des Berlinois, des célibataires, des couples, des familles,

– 10 mecs canon m'ont regardée et m'ont souri pendant un long moment (désolée, il fallait que ma mère soit au courant),

– 1 fille ordinaire et heureuse a senti qu'elle était à la bonne place au bon moment en train de faire la bonne chose (et ça, c'était moi).

Berlin, Allemagne, 19 avril 2015

Je suis restée deux heures ainsi. Puis j'ai repris mon panneau et suis allée me balader. J'avais besoin de souffler et de reprendre mes esprits, je me sentais remplie d'amour, presque submergée. J'avais spontanément choisi de donner aux autres sans rien attendre en retour, sans avoir de caméra qui m'aiderait à disposer d'un quelconque résultat, et pourtant j'avais reçu plus que je n'aurais jamais imaginé : de la joie, de l'amour, du bien-être. Un jeune homme s'était même arrêté pour me dire : « Vous savez, ce matin je n'avais pas trop le moral et aucune envie de sortir de chez moi. Je me suis finalement motivé et maintenant je sais pourquoi j'ai eu raison de le faire : vous me redonnez espoir ! » Pourtant c'était si simple, un panneau sans fioritures et un sourire sincère.

Le plus drôle dans tout ça, c'est qu'il y a aussi eu des retombées pour mon projet. Puisque je n'avais que mes mots, c'est avec eux que j'ai raconté sur Internet ce qu'il s'était passé. Il se trouve que ce billet a eu plus de succès qu'aucun autre auparavant. Il se trouve aussi qu'un jeune homme réalisateur en quête de projets l'a vu passer et m'a proposé de venir me filmer gratuitement. Il se trouve enfin que c'est cette vidéo qui plus tard m'a aidée à entrer en contact avec l'équipe de M. Mondialisation, un site d'informations et de réflexions très connu sur la Toile. Je serais alors interviewée sur ce site, puis invitée en Belgique pour un événement autour de la solidarité.

Je souris intérieurement de tout cet enchaînement : j'avais fait quelque chose avec le cœur sans me préoccuper du reste et je recevais beaucoup plus que toutes les fois où j'avais cherché une reconnaissance en retour de ce que je donnais. Voilà qui m'engageait à désapprendre ce qu'on avait voulu m'enseigner : réfléchir aux résultats escomptés avant d'agir. Et si justement je ne me préoccupais plus des résultats, et que je suivais uniquement l'instinct d'agir ?

13.

Évidemment la question que beaucoup de gens me posaient était celle-ci : « Mais au fait, financièrement, comment fais-tu ? » C'est tout simple, je touchais des allocations chômage. Ce qui, pour certains, revenait à dire que je vivais aux frais de la société, pour d'autres que j'étais en sursis car bientôt cela finirait. Pour moi, cela ne signifiait qu'une seule chose : j'ai la chance de vivre dans un pays qui, lorsqu'on a cotisé en travaillant pendant sept ans, nous offre la possibilité de prendre le temps de trouver un autre travail, pourquoi pas épanouissant. Finalement, nombre de Français se voient offrir la même chance. Mais cela demande d'accepter de vivre différemment (parce qu'à Paris c'est plus difficile de vivre avec le chômage), d'accepter l'absence totale de cadre et l'inconnu à durée indéterminée : autrement dit, de lâcher la sécurité d'un CDI.

Quelle que soit la direction dans laquelle mon projet allait, il avait donc vocation à devenir un jour mon métier et à me nourrir. Le chômage dure deux ans, cette réalité était bien ancrée en moi et je savais que deux ans c'était beaucoup, en même temps que ça n'était rien. Les projets qui parviennent à faire vivre leurs créateurs dans les deux ans qui suivent leur lancement sont peu nombreux.

Il fallait ajouter à cela le fait que je ne voulais pas gagner ma vie n'importe comment. J'avais entrepris un projet sincère pour rendre les gens heureux, je ne voulais pas qu'il soit récupéré par des gens qui le galvauderaient. C'est beau de voir une jeune femme avec un panneau qui fait sourire les gens au milieu du métro. Ça l'est beaucoup moins de savoir qu'elle a été payée par une compagnie de téléphonie mobile soucieuse de se faire mousser. Je donne cet exemple car c'est une proposition que l'on m'a faite. J'ai également suscité l'enthousiasme d'acteurs du bien-être en entreprise, mais comme je l'ai dit plus tôt, je savais que cela ne changerait pas le fonctionnement des entreprises en profondeur. Bien que je respecte et valorise leur travail, je n'ai pas suivi cette piste.

Très vite, j'ai compris qu'une seule chose m'intéressait : les gens à qui je m'adressais. Je me suis dit qu'un jour peut-être, si mon projet leur faisait suffisamment de bien, ils auraient envie d'aider à le faire perdurer et à le financer. Mais je savais aussi que nous étions des milliers à tenter de vivre ainsi d'Internet et, bizarrement, je n'ai pas vraiment œuvré pour faire ma place.

J'ai les pieds sur terre, je sais bien que l'on ne peut pas vivre seulement d'amour et d'eau fraîche, que la vie est faite de réalités terre à terre, mais je commençais à sentir que quelque chose de bien plus fondamental se jouait ici. Je m'étais lancée à corps perdu dans une aventure pour rendre le monde un peu plus joli, mais j'étais aussi en quête de moi-même. Comme me l'a dit un jour mon grand-oncle qui est prêtre-ouvrier :

« C'est très bien de vouloir faire du bien aux gens, mais c'est une lourde tâche. Si l'on veut tenir, il faut aussi y trouver son bonheur. » C'était évidemment ce que j'étais en train de faire.

Alors peu importait que je ne fasse pas des milliers de vues, peu importait que je ne gagne pas un euro alors que je travaillais souvent dur, peu importait que je ne sache pas comment j'allais vivre dans deux ans. J'apprenais à me connaître profondément comme l'école ne m'avait pas permis de le faire ni la société ensuite.

Je désapprenais tout ce que j'avais appris auparavant, j'acceptais de me perdre, je me donnais le droit à l'erreur, à la curiosité et à l'absence de résultats, je m'autorisais à ne suivre que les chemins qui me faisaient complètement envie, que je pressentais comme étant les bons sans avoir aucune raison logique de le penser. Je cherchais ma voie comme j'estimais qu'il était bon de la chercher.

Si, à la place, je m'étais attachée à ce que le projet me rapporte de l'argent, jamais je n'aurais suivi le chemin que j'ai suivi par la suite.

14.

J'ai dit la dureté de Berlin et le fait que c'était exactement ce dont j'avais besoin à ce moment-là. Je n'ai pas encore dit toute sa richesse : le Berlin à la rencontre duquel je suis allée est la ville la plus « consciente » qu'il m'ait été donné de découvrir.

Qu'entends-je exactement par cette formule ? Essentiellement le fait d'être attaché à ce qui nous entoure et d'en prendre soin, que ce soient des êtres humains, des arbres, des pierres, des petites ou des grosses bêtes. De là, tout un tas de choses découlent : les questions d'égalité, d'immigration, de justice, d'écologie, de bien-être. Peu importent les mots que l'on met dessus, pour moi il s'est toujours agi de la même chose : de la conscience que nous faisons tous partie de ce monde et qu'en tant que tels nous sommes tous liés les uns aux autres.

« On ne peut pas accueillir toute la misère du monde », ai-je souvent entendu dire. Pourtant, je crois que si, on le pourrait. Évidemment, les choix politiques et sociétaux que nous faisons ou qu'une poignée d'hommes font à notre place ne nous le permettent pas, mais ce n'est pas une raison pour se résigner, à titre individuel, ou même collectif.

À Berlin, nombre de gens ouvrent les yeux sur le monde qui les entoure et font ce qui est en leur pouvoir pour agir.

On peut croiser des artistes un peu partout car la vie y est moins chère et l'art encouragé.

On est entouré d'immeubles abandonnés transformés en lieux sociaux qui accueillent à bras ouverts ceux dont plus personne ne veut.

On considère que la nature a autant de pouvoir et de force que l'être humain et l'on essaie de la traiter en conséquence.

On voit dix Berlinois se lever et s'insurger lorsqu'un policier brutalise un réfugié.

On admire un peu partout des fresques d'artistes ayant pris la parole sur les murs de la ville pour dire non aux transformations qui privilégient l'argent au détriment du développement culturel et humain.

On discute ouvertement politique en ayant le droit de remettre en question le système dans son entier. Parce que l'État nazi leur a fait vivre le pire, les Allemands considèrent que c'est leur devoir d'être des citoyens engagés et éclairés.

Pour toutes ces raisons, je dois dire que je me suis sentie chez moi. Déboussolée mais chez moi. J'ai pu trouver des gens qui avaient la même singularité que moi. J'en ai été changée profondément. Je me suis autorisée à vivre pleinement mon engagement et mes idéaux parce que je ne me sentais plus seule à le faire.

Berlin a aussi changé beaucoup de choses en moi en termes de consommation alimentaire et médicale. J'ai beaucoup appris en étant là-bas, mais il y a aussi bon nombre de choses que je savais déjà et dont je ne faisais rien. La force du collectif a joué.

Les Allemands sont connus pour essayer de se soigner de manière naturelle. Je ne pouvais pas rêver mieux, moi qui enchaînais les petites maladies et les rendez-vous chez le médecin et qui avais décidé de trouver des solutions pour faire autrement. Évidemment, je suis tombée malade. Une sinusite carabinée, comme à mon habitude. Lorsque cela m'arrivait à Paris, j'essayais d'attendre que ça passe. Au bout d'une semaine, clouée au lit avec des maux de tête affreux, je finissais par prendre des antibiotiques. J'allais voir un médecin qui me délivrait toujours la même ordonnance. Je ne peux pas l'en blâmer, car cela marchait.

Mais je me questionne : pourquoi ne m'a-t-il jamais dit que je pouvais faire des inhalations ? Avec une casserole d'eau bouillante remplie de gros sel, à raison de trois fois par jour, en trois jours j'étais guérie ! Vous me direz : pourquoi n'y ai-je pas pensé toute seule ou pourquoi n'ai-je pas regardé les solutions par moi-même sur Internet ? Je crois que c'est cela, le conditionnement. Lorsqu'on vit dans une société qui ne veut pas vraiment ouvrir certaines portes, alors soi-même, on finit par avoir du mal à les ouvrir…

J'ai aussi eu le coup de fil d'un ami allemand qui m'a dit : « Tu es malade ? Prends donc du gingembre ! » Ici, tout le monde se gave de tisanes avec du gingembre frais, du miel et un peu de citron. C'est simple et on en trouve à tous les coins de rue. C'est devenu ma recette santé du matin, encore aujourd'hui.

Puis j'ai eu la grippe. Je suis descendue à la pharmacie du coin : on m'a donné des tisanes aux plantes pour faire baisser la fièvre, jamais je n'avais vu ça dans une pharmacie française. De fil en aiguille, je me suis donc retrouvée à ne plus prendre aucun médicament. Pour moi, cela relevait de l'exploit.

Le naturel à Berlin passe aussi par l'assiette. Les gens que je côtoyais semblaient avoir conscience de nourrir leur corps avec ce qui est bon pour lui, même si cela demandait du temps et des efforts, que ce soit en cuisinant ou en faisant ses courses. Ils n'avalaient pas de plats tout prêts, ni de produits industriels ou encore d'aliments arrosés de pesticides. C'est drôle de voir qu'en France, où l'on est très attaché à la bonne cuisine, on est pourtant capable de laisser les produits chimiques envahir nos assiettes et nos bons plats mijotés. Il y a ceux qui vont au supermarché, d'autres qui trouvent que les fruits et légumes n'y sont pas beaux ni bons et vont au marché, mais savent-ils d'où proviennent leurs produits et comment ils poussent ? Pour la plupart, et même chez les particuliers qui cuisinent à merveille, j'ai la sensation que la réponse est non. Moi-même, je cuisinais des salades de pâtes en y ajoutant de la salade en sachet, des tomates cerises (en toute saison), du jambon sous vide (mmmmmh !) et un peu de feta. Un repas sain et équilibré !

Tout en écrivant ces lignes, je m'interroge sur les raisons de mon aveuglement jusqu'alors. Parce qu'à mon âge et à notre époque, il n'est pas possible d'ignorer l'omniprésence des pesticides, ni la prédominance d'une nourriture aseptisée, où tout se ressemble et où la diversité se perd. Pourtant, je continuais à mal consommer. Je ne cherche pas d'excuses mais des explications, notamment pour ne pas en vouloir à ceux qui font de même malgré les conséquences sur leur santé et celle du monde que nous partageons.

Il me semble que les habitudes jouent, mais aussi l'inertie du groupe, qui souvent ne remet pas en cause ses habitudes. Au-delà, je vois surtout la force de persuasion des entreprises qui ont tout à gagner à ce que nous continuions à être aveugles. Tant de messages nous font croire que tel ou tel produit est bon pour la santé alors qu'il n'en est rien. Parallèlement, tant d'autres messages, conçus pour nous mettre en garde et faire évoluer nos modes de consommation, sont décrédibilisés. Comme cette campagne d'affichage dénonçant les fruits gorgés de pesticides réalisée par Biocoop qui a été interdite et a donné lieu à trente mille euros d'amende à verser aux grosses organisations de la filière fruits et légumes. Comme ces manifestations écologiques qu'on fait passer pour la lubie de quelques bobos ou marginaux. Comme les voix des médias libres qui essaient de se faire entendre pour alerter des dangers mais que les médias traditionnels écrasent.

Nous avons beau connaître le pouvoir que la publicité, le marketing et les médias ont sur notre inconscient, si nous ne faisons pas des démarches concrètes pour stopper cette influence, nous en sommes les victimes sans en être conscients.

Lorsque je suis tombée bien malade à Berlin, ma colocataire m'a lancé sur le ton de l'évidence : « C'est normal que tu sois malade, tu as vu ce que tu manges ? » C'était une phrase anodine qui pourtant m'a fait comprendre bien des choses : je me fichais de ce que je pouvais bien donner à mon corps. Aveuglément, je croyais au marketing que l'on nous servait, et je cuisinais ce que je pensais être sain sans jamais interroger cette croyance. Je ne me posais pas non plus beaucoup de questions sur l'équilibre des aliments : si mes yeux et mon ventre étaient satisfaits, cela me suffisait.

Patiemment, ma colocataire a refait toute mon éducation en matière d'alimentation. Mais cette fois, je ne m'y laissais plus prendre : je me renseignais aussi par moi-même. Je lisais des articles et cherchais à discuter avec des gens qui s'y connaissaient plus que moi.

Malgré mes revenus divisés par deux, j'ai arrêté de fréquenter les supermarchés, et l'arrière-goût de frigo qu'ils laissent traîner sur les aliments s'en est allé. J'ai essayé de consommer plus local et plus écologique, cela me laissait moins d'argent pour d'autres choses, mais c'était un choix. Ne plus nourrir les supermarchés qui parviennent à nous vendre des choses mauvaises pour notre santé au prix le plus bas, alors que par ailleurs ils font naître le besoin de quantité de choses qui ne nous sont pas utiles, cela aussi me faisait du bien.

Je remercie Berlin, grâce à qui j'ai pu faire ces choix parce que j'étais entourée de gens qui avaient peu d'argent et en profitaient pour se concentrer sur l'essentiel : être en bonne santé. Cultiver l'essentiel passait donc par le corps en même temps que par l'esprit. C'était une trouvaille pour une Occidentale déconnectée de son corps !

15.

Me laisser guider par mon instinct et par tout ce qui est source de joie, voilà ce qui m'a menée pas à pas à explorer mes richesses intérieures. Et c'est ainsi que l'inconnu m'a fait retrouver ce que j'avais connu il y a bien longtemps.

Je me souviens des poèmes que ma grand-mère gardait précieusement dans une pochette cartonnée et de la fameuse machine à écrire que mon grand-père m'avait offerte. Je me souviens aussi du vieil et magnifique appareil photo de mon père que pendant des années j'ai regardé en espérant un jour avoir le droit de m'en servir. Je me souviens encore du plaisir des spectacles que nous faisions sous la houlette de mon grand frère. Je me souviens enfin de l'intérêt que j'ai toujours porté à la vie des autres, au métier de psychologue que j'avais voulu faire, puis à celui d'avocat, pour les défendre, leur apporter un mieux-être et même, par-dessus tout, les découvrir, les comprendre et en apprendre davantage sur la nature humaine. Avec mon petit frère, lorsque nous sortions le soir ou que nous faisions des voyages, nous commencions toujours en duo et finissions avec nombre d'acolytes autour de nous : nous aimions faire des rencontres.

En suivant mon instinct, ce qui m'avait habitée enfant et adolescente s'est peu à peu réinstallé dans ma vie, sans que j'aie à le décider. D'abord il y a eu les discussions avec les gens heureux dans la rue, puis la plume que j'ai prise pour raconter un morceau de leur histoire. Mon envie de spectacle s'est retrouvée dans ce panneau que j'ai tenu dans le métro de Berlin. Ensuite est venue la photo, que je prenais avec mon téléphone portable, pour rendre plus vivants mes portraits écrits.

Et puis, le hasard s'en est mêlé. Il est tout de même drôle, ce hasard, lorsqu'on le laisse faire. Un jour, j'ai rencontré Guillaume, un photographe bourré de talent, qui crée des photos abstraites, lumineuses, intrigantes, véhiculant une poésie et une vision du monde juste, consciente d'une réalité noire, mais porteuse de l'espoir d'un renouveau. De fil en aiguille, et avec son regard sensible sur les choses et les êtres, Guillaume m'a fait découvrir la photographie et sa technique. Il m'a encouragée à explorer mon propre rapport au monde à travers l'art et à prendre confiance dans ce que je suis et ce que j'ai à exprimer. « Tu es une artiste, me disait-il, il est temps que tu en prennes conscience, même si ça n'est pas ce que l'on t'a poussée à croire jusqu'ici. »

Je ne sais pas si je suis une artiste, je pense que nous sommes faits de mille trésors, aussi farfelus soient-ils, et que nous avons le devoir de les travailler pour en faire profiter les autres. Seulement, ces trésors ne sont pas toujours rentables, ou peut-être le sont-ils à force d'imagination, de travail et de caractère. Mais les parents s'inquiètent pour leurs enfants, il leur est souvent difficile de les encourager à développer des talents et des savoirs pour lesquels il y a peu ou pas de métiers, difficile aussi de faire confiance à l'enfant et de se dire : « S'il est armé, il saura créer ce dont il a besoin. » Pourtant je suis convaincue que c'est la voie.

J'ai alors pris conscience que pour pouvoir avancer dans mes créations et sur ce chemin de la liberté, je devais me défaire de certains héritages familiaux.

À cette époque, je discutais par vidéoconférence avec Léon, que j'avais eu la chance de rencontrer dans mon passé professionnel. Une personne humaniste et bienveillante qui aide les individus dans leurs questionnements, et qui m'accompagnait sur mon chemin.

Je commençais à avoir moins de nouvelles de ma mère car il était difficile pour elle de comprendre ma démarche. Mais que je lui parle ou non, j'entendais sa voix qui me disait que ce que j'avais entrepris était inconscient et illusoire. J'entendais celle de mon grand-père aussi, qui me parlait d'une réussite différente de celle que j'envisageais. Ces voix distillaient le doute. Grâce à Léon, je comprenais que je les avais faites miennes bien qu'elles ne viennent pas de moi et qu'il me fallait les remplacer par d'autres. « Nous sommes fiers de toi et de ce que tu accomplis pour être heureuse et trouver ta voie. » Voilà ce que je décidai dorénavant d'entendre.

J'apprenais aussi à panser les douleurs du passé, celles qui nous empêchent de franchir certaines barrières, d'être doux avec nous-mêmes, de nous autoriser à vivre pleinement. J'ai toujours agi en ce sens en me posant des questions, en essayant de me comprendre en profondeur, en faisant un travail avec des psychologues et parfois des coachs. Berlin n'était qu'une étape parmi tout cela, mais elle a constitué une des plus décisives. Grâce à l'apprivoisement que je faisais de ma solitude, je sentais une force grandir en moi, comme si moins de choses pouvaient me déstabiliser. Je sentais aussi la confiance s'affermir, je voyais ce que j'accomplissais, je regardais ces jolies choses, les retours que j'avais et je devenais plus douce avec moi-même.

Pour traverser tout ça, j'avais la chance d'être bien accompagnée. Par mes précieux amis, par Léon, par Guillaume qui me donnait confiance pour explorer toute une part de moi et grimper ainsi le versant positif du travail que je faisais par ailleurs. Je n'aurais pas pu trouver meilleur professeur, et c'est le hasard qui l'avait mis sur ma route.

Quelques semaines plus tard, avec l'argent que ma mère et ma tante m'avaient donné avant de partir, je me suis retrouvée à acheter un appareil photo d'occasion, moi qui avais juré que je ne garderais que mon téléphone portable car c'était plus léger. J'en ai fait mon nouveau compagnon. Dorénavant, en plus de mon cahier, prêt à recevoir quelques mots et quelques lignes, j'aurais aussi un appareil photo en bandoulière chaque fois que je sortirais de chez moi. C'était une surprise, pourtant pas si surprenante puisque j'en avais rêvé avec mes grands yeux de petite fille.

16.

L'aventure berlinoise aura eu une dernière vertu : elle m'a aidée à sortir de mon confort de Parisienne. J'ai accepté d'avoir des colocataires à trente-trois ans, un lit cassé, une douche souvent pas très chaude et des murs qui laissaient passer le son de la télévision des voisins. Dans ma chambre, j'avais une penderie d'appoint avec quelques habits, une paire de draps, une serviette de bain, une dizaine de livres, un ordinateur, des cahiers qui s'entassaient sur une étagère unique et quelques babioles que j'aime entreposer çà et là pour me rappeler les gens et les choses que j'aime. Cela me suffisait amplement.

La seule chose qui me manquait, c'était d'avoir tous mes livres près de moi, de pouvoir les regarder de temps à autre ou d'en saisir un quand le besoin s'en faisait sentir. Mais à cela aussi on s'habitue, les livres voyagent de main en main et arrivent dans les nôtres comme par magie. Il m'est arrivé d'en acheter quelques-uns de temps en temps. C'était un de mes postes de dépense. Quels étaient-ils à part cela ? Mon budget mensuel avait été divisé par deux, j'étais passée de deux mille euros à un peu plus de mille. J'avais la chance de vivre dans une ville qui était presque deux fois moins chère que Paris concernant les sorties, j'ai donc pu continuer à m'offrir une sortie avec des amis une ou deux fois par semaine, le reste passait dans les courses (au magasin bio, c'était une question de choix) et les besoins du projet : j'achetais quelques feutres, panneaux et bricoles pour mes « expériences » de rue.

Il est arrivé une fois que je donne cent euros à la personne qui avait filmé et monté la vidéo dont je vous ai parlé dans le métro de Berlin. Cette semaine-là, j'ai mangé des pâtes à l'huile d'olive à tous les repas. Quand je suis revenue à mes légumes bio, j'étais heureuse. Dans ma valise j'avais pu caser assez d'habits pour tenir une semaine, et c'est ainsi que j'ai appris que les habits non plus, nous n'en avions pas tant besoin que ça. Comme je l'ai dit, j'étais aussi dans la bonne ville pour ça, à Berlin personne ne vous dévisage de la tête aux pieds pour savoir si vous êtes habillé de la même façon que la veille. Il y a d'ailleurs beaucoup de gens qui vivent avec peu. Ce qui compte, c'est ce que l'on fait, et c'est autour de cela que tournait ma vie : ce que j'étais en train de bâtir, pour les autres et pour moi.

C'est à ce moment-là que la réalité a commencé à changer pour moi. Avant, je me demandais comment gagner suffisamment pour pouvoir faire les choses que j'avais envie de faire. Là, j'apprenais à vivre et faire en fonction de ce que j'avais. Je me rendais compte que je pouvais faire deux fois plus avec deux fois moins. Évidemment, l'équation restait encore à résoudre puisque je ne gagnais pas l'argent que je touchais, il venait de l'État. Mais à une époque, je n'aurais pas cru possible de vivre si bien avec cette somme. Il m'avait suffi de changer de ville, de redéfinir mes priorités de dépenses et de m'alléger du matériel pour enfin entreprendre ce que je rêvais d'entreprendre depuis toujours : quelque chose qui me ressemble et qui serait utile aux autres et ce, à temps plein.

De cela, j'ai commencé à tirer le plus grand bonheur et j'y ai trouvé un écho chez les gens dont je faisais le portrait : en un an et demi de voyage, aucune des personnes « ordinaires et heureuses » croisées au coin de la rue ne m'a parlé d'argent. Au contraire, elles me parlaient de simplicité, de s'alléger, de renouer avec l'essentiel. Elles étaient aussi mon guide.

Berlin et sa période expérimentale ont pris fin le 11 juin 2015, lorsque j'ai repris l'avion avec ma grosse valise, accompagnée par Julie, une cousine éloignée devenue grâce à ce séjour une de mes meilleures amies. J'ai pleuré toutes les larmes de mon corps en montant dans l'avion. Je quittais la ville de la liberté où j'avais appris à être moi un peu plus que trois mois auparavant, à défendre mes valeurs avec la sensation d'y être autorisée, à donner aux gens sans rien attendre en retour et à recevoir mille fois plus, à explorer ma créativité, à vaincre de grandes peurs, à apprivoiser le doute et à en tirer le meilleur.

Au début du voyage, j'avais bravé la peur du futur et du manque. Cette peur qui nous fait parfois nous conformer à une vie qui ne nous ressemble pas. Il faut vivre et tenter pour se rendre compte que ça n'était pas si terrible. La vie nous aide à accomplir notre destin. Évidemment, elle nous met aussi des bâtons dans les roues et nous fait affronter des coups durs. Mais ceux qui l'ont expérimenté le savent : lorsque avec confiance on ose ce pas dans un présent qui nous ressemble, on se sent porté par une force qui nous aide, nous présente des réponses et des solutions alors que tout semblait perdu. Cette force vient-elle de nous, vient-elle d'ailleurs ? Chacun ses croyances… L'essentiel est d'aller à sa rencontre.

17.

J'avais vécu la dureté de Berlin et son champ des possibles, j'entamais à présent la phase chaleureuse de mon voyage. Avant de m'envoler pour Lisbonne, je suis repassée par Paris pour faire une bise à ma mère, j'ai envoyé ma première newsletter et j'ai même reçu le soutien maternel : elle en parlait à ses collègues ! « Il faut aider ma fille à faire le buzz avec sa vidéo de Berlin. » Du buzz, il n'y en a pas eu, mais l'entendre passer le mot a été bien plus précieux, tout comme l'ensemble des retours que j'ai reçus.

J'ai atterri à Lisbonne le 23 juin 2015. Un inconnu, ami d'une amie, m'attendait à l'aéroport. Lisbonne était d'ores et déjà placée sous le signe de l'accueil et de la chaleur. La suite n'a été faite que de cela.

Je logeais maintenant dans un appartement qui avait plus d'âme que tous ceux que j'avais connus auparavant. Le lit n'était pas meilleur, la cage d'escalier était défoncée, nous avions des voisins dealers, mais le lieu avait un charme fou et tout était parfait sans l'être. À mon arrivée, mes colocataires m'ont porté une grande attention. Ils m'ont posé mille questions, m'ont cuisiné les meilleurs plats du monde, m'ont donné tout un tas de conseils pour découvrir la ville, m'ont emmenée dans les coins sympas et m'ont même aidée à améliorer mes panneaux : « Là, il faut que ce soit droit et net », « Ici tu pourrais mettre le logo de ta page ». Et hop, nous nous sommes mis au travail ensemble, au cours d'une soirée « dessin et découpage » improvisée.

Au fil des semaines, chacun d'eux a apporté sa pierre au projet. L'un prenait mon travail très au sérieux, il m'aidait à me concentrer et relisait souvent mes textes. Quand je baissais les bras, il me prêtait une oreille attentive et me soutenait. Le deuxième, ancien photographe, me donnait des conseils pour recadrer mes photos, et des idées sur la manière de saisir un sentiment particulier chez les gens. C'était un touche-à-tout qui tenait maintenant son propre restaurant. Il passait aussi du temps à me donner de la confiance et de l'élan. Le dernier des larrons était toujours partant pour réfléchir à une suite sérieuse pour le projet ou essayer de me ramener à la raison vers un métier correspondant à mes études. Parfois ses yeux se mettaient à briller lorsque j'évoquais mon quotidien. Je l'angoissais et le faisais rêver tout à la fois. Entourée de ces trois colocataires portugais tous formidables dans leurs différences, je n'étais pas à plaindre.

Lisbonne a été une période de quiétude et de grande douceur. Dans la rue, les gens répondaient toujours à mes sourires, j'avais même pris l'habitude de dire bonjour à ceux dont je croisais le regard alors que nous étions dans une grande ville.

Je découvrais un monde où les personnes âgées font partie intégrante de la vie. Elles ne sont pas cloîtrées dans des maisons de retraite, ni en marge. Au contraire. Çà et là, elles grimpent les fameuses côtes de Lisbonne, avec effort et patience, quel que soit leur âge. Elles s'asseyent sur les marches des perrons, regardent la vie défiler et y prennent part à leur manière : en veillant sur les enfants qui jouent alentour, en échangeant quelques mots avec des passants, en se réunissant autour de discussions spontanées avec d'autres personnes de leur âge. Des réunions au sommet ! Je n'ose imaginer ce qui s'y dit.

Lisbonne a su garder quelque chose de fabuleusement authentique et sait nous ramener en quelques secondes à l'essentiel.

On sent le vent frotter contre ses joues.

On est caressé par un soleil toujours doux, même au cœur de l'hiver.

On voit mille couleurs sur les immeubles et les fleurs qui les entourent.

On entend les voix des gens de tous âges se mêler les unes aux autres.

On est enveloppé par la force du lien grâce auquel tout le monde s'apporte amitié et soutien.

Les Portugais disent qu'ils portent en eux la fameuse *saudade*, ce mot qui ne trouve aucun équivalent en français et qui est à mi-chemin entre la mélancolie et la joie, une sorte de nostalgie qui accompagne les moments de plaisir ou de vague à l'âme affectueux. J'ai pu effectivement reconnaître cela dans leur regard, mais j'ai également vu leurs yeux souriant de ce qui les entoure, je les ai vus se réjouissant d'être ensemble et d'être là. Je les ai vus profiter de l'instant. Pour de vrai, sans effort ni cours de méditation.

L'atmosphère de la capitale portugaise est particulière aussi grâce au fait que ses habitants cultivent une certaine simplicité. Je les ai souvent entendus me dire : « Nous n'avons pas besoin d'acheter quoi que ce soit pour nous combler. Notre ville le fait déjà avec l'océan, le soleil, la quiétude de vie. Nous avons tout ici ! » La ville s'est plutôt préservée d'une soif de consommation et n'a pas laissé les commerces à la chaîne envahir ses rues.

Tout comme à Berlin, les gens ne sont pas très riches, mais c'est tout de même différent. Ici c'est le pays qui n'est pas très riche, beaucoup sont dans le même bateau : le SMIC est aux alentours de six cents euros et un ingénieur peut très bien ne gagner que mille deux cents euros. Cela crée un sentiment de frustration pour la population, mais aussi quelque chose d'assez intéressant : beaucoup se débrouillent, font des petits jobs çà et là, créent leur projet ou montent leur affaire. Il y a une sorte d'émulation et de minimisation de la prise de risque : puisque les salaires ne sont pas élevés, on ne risque pas trop à tenter une autre voie. Ainsi, j'ai pu voir des projets associatifs farfelus et généreux, des gens qui sortaient d'une période de chômage du jour au lendemain en devenant conducteurs de mini-véhicules pour touristes, des étrangers se prenant à rêver de monter une boutique, un monsieur ayant ouvert trois bars d'affilée, une jeune femme créant des festivals originaux pour tisser du lien.

Je me laisse bercer par Lisbonne et sens naître l'envie d'y poser mes valises. La fin du voyage serait-elle déjà arrivée ?

18.

Pour Ordinary Happy People, Berlin avait été le temps du tâtonnement et de la découverte, Lisbonne était celui de la stabilisation. L'écriture, la photo et les rencontres faisaient maintenant partie de ma vie au quotidien. Je prenais beaucoup de plaisir dans ce nouveau travail créatif.

Chaque jour sauf le week-end, je mettais en ligne des portraits photo et écrits de gens rencontrés au coin d'une rue, dans un bistrot, un musée, une association ou tout autre endroit où je me rendais. J'avais décidé de me faire confiance : je n'allais que vers les gens qui dégageaient de la joie ou quelque chose de lumineux et pour lesquels je me disais : « Je suis sûre qu'ils ont quelque chose d'intéressant à me raconter sur leur bonheur. » Parfois aussi, j'attendais qu'ils viennent à moi. En écoutant mon instinct, je ne me trompais jamais, cela rendait mon travail beaucoup plus simple.

De temps à autre, je renouvelais aussi l'expérience berlinoise qui avait si bien marché, avec mon grand panneau à la sortie du métro. J'observais les différences qu'il y avait d'un pays à l'autre.

Les Lisboètes sont surprenants. Des émotions très fortes se dégagent d'eux dans une tranquillité qui offre un contraste poétique et touchant.

Hier matin, je me tenais à la sortie du métro Baixa Chiado, avec un panneau qui disait « Souriez pour bien commencer la journée ». Des sourires très différents se sont mêlés.

– Des sourires reconnaissants : emplis de douceur, d'authenticité et de considération. Certaines personnes retiraient même leurs lunettes de soleil ou leur chapeau pour mieux m'offrir leur regard,

– des sourires enthousiastes : venant de ceux qui étaient joyeusement surpris par le panneau, souriant à pleines dents, riant dans de timides éclats et m'adressant quelques mots en portugais,

– des sourires à mi-chemin entre le doute et l'espoir : avec les sourcils levés, les yeux écarquillés et la bouche à l'horizontale, parfois accompagnés d'une phrase : « Ça pourrait effectivement changer beaucoup de choses de sourire plus »,

– des sourires sceptiques : venant de personnes qui ont tout fait pour ne pas me sourire mais se sont finalement laissé prendre au jeu,

– des non-sourires,

– des sourires de policiers : surgissant notamment sur le visage d'un agent criant « yihaaaaaaaaa » comme un cow-boy, la tête sortie par la fenêtre de sa voiture,

– des sourires collatéraux : venant de ceux qui passaient par là en voiture et qui ont abaissé la fenêtre juste pour le plaisir d'échanger un petit signe.

Lisbonne, Portugal, 3 juillet 2015

Lorsque j'étais joyeuse, faire tout cela était facile. C'est quand je n'étais pas dans mon assiette que c'était plus difficile. Il me fallait affronter la solitude de travailler sans coéquipier, mais aussi être capable de transmettre de la joie alors que j'en manquais moi-même à l'instant T.

Alors, je fermais mon ordinateur, j'abandonnais l'idée de faire un portrait ce jour-là, je me donnais le droit de faillir et je sortais de chez moi avec pour seul objectif de me changer les idées et de me faire du bien. Invariablement, j'en revenais avec un portrait.

Je vivais au jour le jour. C'était parfois stressant, mais ça l'aurait été beaucoup moins si j'avais reconnu que la chance ne me faisait jamais défaut quand je suivais ma curiosité et mon élan.

Assez régulièrement, je me triturais l'esprit sur ce que j'allais pouvoir faire de cette routine naissante. Allais-je réussir à faire connaître ma nouvelle activité et, si oui, comment pourrais-je en retirer des revenus ? Une chose était sûre, je ne souhaitais faire aucun compromis par rapport à mes souhaits et valeurs.

Des pistes de collaboration ou d'évolution naissaient. « Et si tu transformais tout cela en un projet technologique ? » me suggéraient certains. « Et si tu créais des partenariats avec des entreprises de l'économie collaborative ? » Nombre d'idées surgissaient autour de moi ou en moi, mais l'élan ne suivait pas. J'ai tout de même tenté quelques partenariats, mais très vite j'ai compris que je ne pourrais conserver ni ma liberté ni le sens profond de mon action, et de cela je n'avais pas envie.

Je réfléchissais de temps en temps aux relais qui pouvaient m'aider à faire connaître le projet, je souhaitais les choisir attentivement pour qu'ils soient en lien avec mes convictions et mon état d'esprit : je ne voulais pas de ces fausses promesses de bonheur, de ces remèdes illusoires, ou de quoi que ce soit qui dénaturerait mon message.

Créer un vrai lien avec un média reconnu est arrivé plutôt par hasard. Un soir, j'ai lu un message du fondateur de M. Mondialisation qui cherchait des porteurs de projets pour l'accompagner sur un événement. C'était réjouissant, parce qu'il ne s'agissait pas seulement de faire parler de mon initiative, mais de contribuer à quelque chose de plus vaste, d'apporter mon énergie et de créer à plusieurs un stand pour la Fête des solidarités qui se tenait en août 2015 en Belgique. J'ai répondu avec le cœur à son appel et lui, en retour, m'a écrit dans la demi-heure qui a suivi !

Nous avons réalisé de belles choses ensemble. Alors que j'étais au Portugal, je me suis rendue à cet événement qui accueillait quarante mille personnes. Je me suis baladée avec mon appareil photo à la recherche de gens heureux avec cette question : « Qu'est-ce que la solidarité apporte à votre bonheur ? » Il en est ressorti des portraits inhabituels mêlant bonheur, entraide et sobriété. J'ai aussi tenu mon panneau jaune pour faire sourire des Belges, cette fois.

> Lors de la Fête des solidarités, j'ai pu voir et répondre à des centaines, voire des milliers de sourires (j'en avais des crampes). Je n'ai jamais vu des gens avec un sourire aussi large que les Belges !
>
> Petit détail qui m'a amusée : ils n'ont pas arrêté de me faire des clins d'œil. Peut-être leur manière de m'encourager : « Continue à passer le mot, ça marche ! »

Certains me regardaient, l'air de dire : « Est-ce que tu es vraiment en train de faire ça ? On dirait un canular belge ! » Mais même ceux-là finissaient par jouer le jeu.

Namur, Belgique, 29 août 2015

Je me suis donnée à fond dans cette collaboration et j'y ai trouvé beaucoup de plaisir avec des gens fantastiques. Grâce à cette dynamique collective, mon projet s'est fait connaître. J'ai commencé à recevoir beaucoup de mots d'amour de personnes inconnues. Ce sont ces mots qui m'ont aidée à continuer, malgré tous les questionnements qui m'envahissaient. Si je ne savais pas ce qu'allait devenir le projet ni s'il allait un jour me nourrir financièrement, je savais déjà le plus important : il apportait beaucoup aux autres.

Pour certains, cela les aidait à surmonter des périodes difficiles de leur vie, à finir leurs études ou à endurer un travail pénible. Pour d'autres, cela créait des moments de joie et de partage, cela nourrissait l'envie de croire que ce monde n'est pas que gris et méfiant, comme on l'entend partout, et de contribuer à cet espoir. Il y avait enfin ceux qui s'interrogeaient sur leur vie actuelle et la manière dont ils pouvaient être plus en accord avec elle pour avancer eux aussi vers un peu plus de bonheur.

Ce que je faisais avait du sens, j'en prenais conscience. J'avais trouvé un moteur pour continuer à avancer.

19.

À Lisbonne, grâce à mon projet, j'avais du temps pour échanger en profondeur avec toutes sortes de gens. Du temps aussi pour laisser mes pieds s'égarer, permettre à mes yeux d'explorer les recoins de la ville, les jolis comme les moins jolis. Peu à peu j'ai pris conscience d'une chose que je n'avais pas tout de suite vue.

Ici, tout était parfait sauf que…

Sauf que le tourisme envahissait la ville. Sauf qu'au journal télévisé on entendait parler de la Grèce qui sombrait et que chacun se demandait si les Portugais seraient les prochains. Sauf qu'on était en colère contre l'Europe car, au même journal, on voyait des réfugiés se noyer en Méditerranée par milliers, en se sentant impuissant. Sans compter ce que l'Europe avait fait à l'agriculture, ici, au Portugal. Quand je parlais de nourriture biologique, on me regardait avec un air découragé. « Tu plaisantes ? Il y a quelques dizaines d'années, on produisait de manière artisanale et naturelle. L'Europe est venue donner des subventions à nos agriculteurs pour qu'ils arrêtent leur métier pour certains ou le transforment pour d'autres. Résultat : maintenant, on se retrouve à acheter des patates en Espagne et à faire pousser des champs entiers avec des produits chimiques. Mais on n'y peut rien. Maintenant, qu'on ne vienne pas nous forcer à faire du bio ! » Après Berlin l'insoumise, je découvrais Lisbonne la désabusée : « Vous encore, les Français, vos dirigeants font partie des décideurs de l'Europe. Nous, nous ne pouvons que subir, tout nous est imposé. »

Je découvrais aussi le mal que les entreprises auxquelles profitait le tourisme, comme Airbnb, faisaient au cœur de la ville dont j'étais tombée amoureuse. Pour que les personnes ayant peu de ressources puissent continuer à vivre dans le centre historique de Lisbonne, la loi avait jusque-là imposé que certains loyers soient plafonnés. Puis, sous la pression de ces entreprises, une réglementation avait sauté : désormais les loyers étaient libres, beaucoup allaient devoir déménager. Où ? Ceux qui étaient délogés n'en savaient rien, ils étaient là depuis toujours.

Peu à peu, des appartements qui étaient habituellement loués à des locaux se sont mis à accueillir des touristes, le centre a commencé à se vider de son essence. Pourtant, on le savait, ce qui fait le charme de Lisbonne et séduit tant de touristes, ce ne sont pas ses monuments ni ses musées, ce sont ses habitants, son authenticité et sa douceur de vivre. Le poisson se mordait la queue, car si tout cela disparaissait à cause même du tourisme, que resterait-il pour attirer les visiteurs ?

Je sentais la fragilité de cette beauté humaine que je trouvais ici. Je me suis souvenue tout à coup de la Pologne, où j'avais beaucoup voyagé il y avait presque dix ans. Lors de mes premiers séjours, j'avais été frappée par la simplicité qui y régnait. Pas grand-chose dans les maisons, si ce n'est de la douceur à partager. Et puis, au fur et à mesure, j'avais vu les supermarchés se remplir de choses inutiles. J'avais compris que ce pays n'allait pas pouvoir se préserver du consumérisme et que la simplicité qu'on avait partagée risquait de disparaître au fil des générations. Qu'allait-il arriver à Lisbonne ? Je n'avais pas de réponse à cette question.

Malgré tout, j'ai décidé de prolonger mon séjour et de rester ici pour une durée indéterminée. Mais puisque j'avais déjà mon billet de retour, je prévoyais de passer trois semaines à Paris, le temps de fêter les soixante ans de ma mère, d'embrasser ceux que j'aimais, de revoir ma ville et de rapporter mes habits d'hiver à Lisbonne.

Dans une dernière valse, le 22 septembre 2015, j'ai quitté mon appartement en y laissant toutes mes affaires. Je partais pour trois semaines, c'était peu de temps. Mais j'ai versé quelques larmes. Après un repas préparé avec chaleur pour l'occasion, mes colocataires ont dansé avec moi dans notre salon alors que je ne les avais jamais vus à l'œuvre. « Ici, danser, c'est pour draguer », m'avait dit un ami portugais. Ce soir, nous faisions exception ! Encore quelques éclats de rire, une embrassade, et à bientôt.

« Je t'aime, Lisbonne. Je reviendrai. »

20.

On m'a souvent fait cette remarque : « C'est normal que ton projet marche au Portugal, il y a une douceur de vivre là-bas et une vraie gentillesse, cela m'étonnerait que tu aies autant de succès à Paris, les gens y sont aigris. »

Après plusieurs mois à faire mes armes à travers l'Europe, j'étais de retour dans ma ville natale, celle que tout le monde trouve si belle mais si stressante, et dont les habitants ont mauvaise presse aux quatre coins de la France et de la Belgique. Au moment de continuer mon travail dans la capitale, j'ai donc ressenti une petite appréhension. Et si c'était vrai ? Et si les Parisiens étaient incapables de dégager et de transmettre une force bienheureuse ?

Dès les premiers instants, la Ville lumière a su me démontrer le contraire et m'a offert le sourire d'un monsieur qui faisait de la musique dans le RER en parvenant à mettre en joie toute la rame. Et à l'aéroport celui d'un autre voyageur qui, malgré sa maladie, avait un des visages les plus sereins qu'il m'ait été donné de voir. Mais il y avait une faille dans tout cela : nous n'étions pas encore au cœur de Paris.

Effectivement, c'est au moment où je suis partie arpenter les rues de Paris avec mon appareil photo que les choses se sont corsées. Je me suis heurtée à davantage de refus, ainsi qu'à des incompréhensions et appréhensions : pourquoi faisais-je cela et pour qui travaillais-je ? Je sentais la méfiance poindre : allait-on retrouver mes portraits en une d'un tabloïd qui moquerait la personne ? Ou, tout simplement, étais-je là juste pour faire perdre du temps aux gens ? Ces premiers contacts me donnèrent envie de baisser les bras. J'avais su trouver ce qu'il y a de meilleur et de plus joyeux en l'humain, mais finalement ça n'était peut-être que parce que j'étais allée voir ailleurs.

Alors, une nouvelle fois, j'ai décidé de ne plus m'efforcer d'y arriver. J'ai repris le chemin que j'avais suivi jusqu'ici : retrouver l'élan et l'inspiration. J'ai tenté de renouer avec Paris et ce que j'avais tant aimé dans cette ville : la vie qui, à chaque instant, se déroule sous nos yeux. Je marchais tranquillement. Lorsque je voyais un bout de verdure, je m'en réjouissais. Lorsque je voyais un visage s'illuminer un peu, je lui souriais. De fil en aiguille, cela m'a redonné espoir et énergie. La pression s'est envolée, je n'avais plus rien à prouver, je goûtais juste au plaisir.

Il me semble que cela change tout également pour la personne à laquelle je m'adresse. Il est compliqué de savoir quoi dire lorsqu'on a un appareil photo pointé sur soi d'un air de défiance : « Tu vas nous montrer que les Parisiens sont heureux, oui ou non ? » La confiance en l'autre, à laquelle j'avais fait appel tout au long de mon voyage, était finalement mon meilleur atout. Et c'est ainsi que tout s'est débloqué !

C'est à Paris que j'ai réalisé les portraits les plus aboutis et les plus spontanés. Était-ce parce que j'étais dans ma ville et que je travaillais dans ma langue ? Ou bien mon projet était-il enfin rodé ? Je ne saurais le dire. Probablement un peu des deux. En tout cas, je le sentais, les rencontres que je faisais allaient instantanément au cœur du sujet et des êtres. De la même façon, mes actions de rue avec mon grand panneau jaune avaient plus d'impact que jamais, et je m'amusais à les renouveler très régulièrement.

> « Mais vous êtes complètement folle ! »
>
> C'est probablement ce qui a traversé l'esprit des Parisiens lorsqu'ils ont lu ma pancarte « Souriez, ça pourrait changer votre journée » à la sortie du métro, au cœur du quartier d'affaires de la Défense.
>
> Mais il y avait cinquante mètres entre eux et moi. C'est difficile de rester insensible et suspicieux pendant cinquante longs mètres.
>
> Au fur et à mesure que tous ces hommes et femmes s'approchaient, je les ai vus devenir enthousiastes dans leur démarche, m'offrir de grands sourires et même me témoigner beaucoup de reconnaissance une fois qu'ils étaient arrivés jusqu'à moi.
>
> Jamais je n'avais vu la Défense sourire autant de bon matin ! Merci, Paris, tu es bien rock'n'roll sous tes airs réservés.
>
> *Paris, la Défense, France, 12 octobre 2015*

Les retours que je recevais sur Internet étaient, eux aussi, beaucoup plus nombreux et enthousiastes. Ça y était, je tenais quelque chose ! C'était concret, cela apportait réellement du bonheur à des gens et c'était encore plus abouti qu'au Portugal. Certaines personnes dans mon entourage appelaient ça « de l'art ». D'autres y voyaient une opportunité de business en appliquant le modèle aux entreprises, pour les aider à introduire le bonheur dans leur marketing ou dans leurs relations humaines.

Puisque je tenais quelque chose, il me suffisait de continuer à l'exploiter. De le répéter encore et encore, non plus seulement une fois par jour mais plusieurs fois. Pour gagner en visibilité, pour satisfaire toujours plus mes lecteurs. Il me fallait aussi œuvrer ardemment pour faire connaître le projet. Cette fois, c'était le moment.

Je me suis donc attelée à cette tâche. Un peu. J'ai commencé à partager sur Internet deux portraits par jour au lieu d'un. J'ai réfléchi à un communiqué de presse. Mais quelque chose en moi me faisait sentir que ce n'était pas juste. Ça ne me stimulait pas, tout d'abord. Or, je savais que j'avais besoin de ce moteur. Et puis, je sentais qu'il manquait quelque chose.

J'avais commencé ce projet avec le désir que les gens se questionnent en lisant ce que je leur faisais découvrir. Je souhaitais apporter une petite touche pour les aider à changer leur regard sur eux-mêmes et sur le monde qui les entourait. Sur les possibilités que celui-ci offrait si l'on osait briser les carcans. De « résignés », je souhaitais qu'ils passent à « confiants et inspirés ». Je voulais donner de l'élan pour que tout un chacun se sente la force de faire ses propres choix.

Si j'étais sûre d'apporter de la joie, de l'espoir, du réconfort, en revanche j'avais le sentiment que mes portraits et actions de rue n'étaient pas suffisants pour servir cet objectif plus profond et durable. J'aurais pu le mettre de côté, suivre cette routine comme une opportunité dans laquelle m'engouffrer, mais au risque de m'ennuyer encore une fois par la suite. Voire, pire, de perdre le sens à nouveau.

À quoi bon accomplir tout cela, toute seule, vivre tous ces moments de doute et de solitude pour finalement me plier aux règles existantes, céder à la pression d'un revenu et d'une stabilité, en passant, encore et toujours, à côté de mes rêves ?

Alors, j'ai continué ma quête.

21.

Pour quelle raison ai-je repoussé mon retour à Lisbonne de quatre semaines et suis-je partie à San Francisco ? Encore une fois, juste en suivant mon instinct.

À la suite des questionnements auxquels je faisais face, un de mes amis entrepreneurs qui avait la gentillesse de suivre mon projet de près venait de me le suggérer : « Là-bas, ils ont l'innovation entrepreneuriale, mais aussi le grain de folie artistique et novateur. Si ça se trouve, ils auront un regard intéressant à porter sur ton projet, qui te permettra de le faire avancer dans un sens qui te convient ! »

Cela avait résonné en moi. Je m'étais déjà rendue dans cette ville presque dix ans auparavant et j'avais effectivement aimé cet élan créatif et incontrôlable qui régnait dans les rues, cette sensation de pouvoir être qui l'on veut sans que les regards se figent. Puisque l'instinct disait oui, et même si cela m'obligeait à mettre quelques-unes de mes économies à contribution, je décidai d'y aller, à condition de trouver une colocation sympathique et peu onéreuse, et un billet d'avion à bas prix. J'ai trouvé les deux à une vitesse incroyable. « C'est un signe du destin », me suis-je dit, avant de traverser l'Atlantique.

Vers le milieu du séjour et pendant les semaines qui ont suivi, j'ai pensé que cela avait été une erreur d'avoir choisi San Francisco comme destination. Mais j'ai ensuite pris conscience qu'il n'y avait aucune erreur nulle part, chaque étape de ce voyage m'a construite en profondeur et San Francisco a constitué un tournant majeur.

J'ai très vite été déboussolée par cette ville. Les premiers jours, j'ai eu l'impression d'avoir démarré un nouveau métier. « Ressentir » les gens dont je croisais la route, les approcher, leur parler et même les photographier était radicalement différent. Au premier abord, tout le monde était souriant, mais lorsqu'il s'agissait de savoir ce qui pouvait se passer à l'intérieur des gens, j'étais perdue. C'est comme si mes capacités de « lecture » m'avaient abandonnée. Les carapaces étaient trop épaisses, je ne parvenais pas à les percer. Lorsque je m'arrêtais pour échanger, j'obtenais des réponses très superficielles, et dès que j'essayais d'aller plus loin, j'avais la sensation d'être un agent de police en plein interrogatoire. Je posais question sur question et l'autre, en face, se décomposait. Effectivement, je ne mettais pas mon interlocuteur à l'aise.

Pour mieux comprendre ce à quoi j'étais confrontée, j'ai pris le temps d'en parler autour de moi : à mes colocataires, à des Français que je rencontrais, à des Américains aussi. Certains m'ont dit : « Ici, aller mal n'est pas vu de la même manière qu'en France. Vous aimez bien vous plaindre de temps en temps. Pour nous, c'est comme un aveu de faiblesse. Alors, évidemment, tout le monde va dire qu'il est heureux et qu'il l'a toujours été. » J'ai appris aussi qu'il est plus difficile d'entrer dans l'intimité des gens, même après des semaines ou des mois de relation.

Qu'à cela ne tienne, puisque cela ne marchait plus comme avant, j'allais modifier ma démarche ! En Europe, je m'adressais uniquement à ceux dont il émanait une certaine joie. Ici, puisque je n'étais pas en mesure de la ressentir, je décidai de parler à tout le monde. À cela, j'ajoutai un second changement : puisqu'il s'avérait difficile d'entrer dans l'intimité de mes interlocuteurs, au lieu d'y aller en douceur comme d'habitude, je décidai d'y aller franco. De percer la carapace ! À peine avais-je dit bonjour et expliqué en deux mots mon projet que j'étais déjà en train de poser une question très personnelle. En face de moi, les personnes étaient surprises, un peu gênées. Mais elles semblaient aimer ça et se prêtaient au jeu. Un peu de *drama* à l'américaine. Après quelques jours d'errance, je découvrais ce qu'il y avait au fond de leur cœur. C'était une victoire !

Cependant, au gré de mes balades, je constatais que tout avait changé à San Francisco. Tout me paraissait lisse par rapport à ce que j'avais expérimenté autrefois. Plus de quartiers extravagants, plus d'émulation artistique surprise au coin de certaines rues. Qu'était-il donc arrivé à cette ville que j'avais auparavant admirée ? La Silicon Valley, pardi ! Un laboratoire géant de start-up et d'entreprises florissantes. Je venais de pénétrer au cœur de la réussite technologique, professionnelle et sociale, et je commençais à comprendre ce que cela signifiait. Les gens d'ici m'expliquaient que les loyers avaient été multipliés par quatre, chassant ainsi toute la classe moyenne et du même coup les artistes. Et je ne parle pas des plus pauvres, dont certains avaient atterri dans la rue. Il y avait beaucoup plus de SDF qu'avant. La ville avait un tout nouveau visage, les gens se ressemblaient trop et se rencontraient peu. Beaucoup marchaient le nez dans leur smartphone, relevant de temps à autre la tête pour éviter les obstacles. La réalité me sautait aux yeux : si c'était cela la réussite, à quoi servait-elle ?

J'ai participé à des « événements » organisés pour se connaître entre Français et se créer un réseau. J'espérais y trouver un brin de créativité et d'audace dans l'optique de mon projet, je rigole aujourd'hui de ma naïveté. Je nageais au milieu de l'élite, les « cerveaux les plus brillants » venus de France. Car ne s'expatrie pas ici qui veut, il faut une sacrée dose de QI, de diplômes, de relations, d'ambition (ou parfois de culot). Lors des premiers échanges, quand on me demandait ce que je faisais à San Francisco, pleine d'espérance, je parlais de mon désir de propager la joie. Il fallait à peu près une minute trente à mes interlocuteurs pour se désintéresser de moi. J'avais l'impression d'avoir à nouveau dix ans, lorsqu'on me fuyait dans la cour de récréation parce que je n'étais pas dans le moule et que mon jean avait un pli de repassage sur le dessus et pas sur le côté.

Je me mettais donc à faire ce que je sais faire dans ces moments-là : observer. Je voyais cette jeune femme s'approcher de quelqu'un de plus âgé qu'elle, sûrement dans l'espoir que ce soit un investisseur, et lui montrer l'application mobile révolutionnaire qu'elle avait développée. Je voyais les gens se toiser pour comprendre à qui ils avaient affaire, puis échanger des mots sans rien découvrir de l'autre au bout du compte. Les enjeux de ce rendez-vous étaient clairement financiers. C'est sûr, mes sourires ne feraient pas vendre, donc je n'avais rien à faire là. Heureusement, je faisais aussi de chouettes rencontres et, comme à mon habitude, je trouvais d'autres non-conformistes, auxquels je m'alliais. Nous discutions de changements de vie et de quête de sens. Nous pillions également le buffet qui, ma foi, n'était pas si mal, même s'il n'était pas à la hauteur des enjeux. Puis nous aidions à ranger, parce que ça, nous savions faire.

Ce nouveau visage de San Francisco me rendait triste. Cette ville n'avait aucune difficulté économique, elle avait la chance de réussir, de pouvoir offrir un bel environnement de travail, mais elle n'en avait pas profité pour aider les moins chanceux au passage ; au contraire, elle les avait tout simplement chassés. Il aurait été possible de réglementer le coût des loyers, de freiner l'effet pervers d'Airbnb, d'investir dans l'art. Mais rien de tout cela n'était fait. Seuls le profit et les avancées technologiques comptaient.

C'est ce constat qui a radicalement changé ma manière de voir le système dans lequel nous vivons. En France, au même moment, nous ne connaissions pas cette réussite florissante, mais certains élus couraient après, parlaient de croissance qu'il faudrait retrouver, d'économie qu'il faudrait relancer. Je me trouvais dans une ville qui avait tout ce après quoi « nous » courions, mais dont les rêves et la solidarité avaient disparu. Toute la gaieté, la diversité, le mélange des genres et, aussi, l'humanité. Seuls survivaient ceux qui nourrissaient ce système sans en avoir vraiment conscience, qui affluaient des quatre coins du monde par centaines pour assouvir leurs rêves. Et, à côté d'eux, ceux d'ici qui avaient un métier assez confortable pour pouvoir rester regardaient l'esprit atypique de leur cité s'ensevelir. Certains rêvaient de prendre le large.

Malgré ces considérations, je me suis attelée à la tâche, j'avais un site Internet à tenir, un public qui m'attendait, je me devais de continuer et d'aller au bout de ces quatre semaines de séjour. C'est alors qu'il s'est passé quelque chose de très intéressant : sans que je le remarque, toute cette frénésie de réussite m'a gagnée. Lorsque je tenais mon fameux panneau jaune (celui avec lequel je donnais normalement sans rien attendre en retour), je me surprenais à espérer qu'un producteur de Hollywood passe par là et me trouve formidable. « Faisons un film sur cette femme ! » crierait-il. Ni une, ni deux, je serais propulsée en haut de l'affiche et je pourrais enfin propager le bonheur à très grande échelle. C'est d'ailleurs ce qu'un petit jeune que j'avais rencontré ici, et qui m'aidait à explorer des pistes, me répétait : mon projet était formidable et avait tout le potentiel pour « décoller ».

Je ne savais pas exactement ce que ce mot voulait dire, mais je savais qu'à aucun prix je ne voulais perdre ce que j'avais de plus précieux : l'authenticité et le sens de ma démarche. Une nouvelle fois, je prenais conscience du poids de l'entourage et du climat qui régnait quelque part. Berlin avait réveillé un engagement qui correspondait à mes valeurs, San Francisco se mettait à nourrir mon ego au-delà de mes souhaits et à dénaturer le sens de mes actions.

Au milieu de toutes ces observations, le drame est survenu. Nous étions en novembre 2015, Paris vivait une nuit tragique. Tout s'effondrait. J'ai appris la nouvelle des attentats en pleine après-midi, je me suis assise au bord de mon lit et j'ai pleuré à chaudes larmes. Comment était-il possible que des humains commettent de telles horreurs ? J'avais mal, pour ceux qui venaient de mourir mais aussi pour ceux qui avaient fait ça. J'avais mal pour toute l'humanité. Il me fallait du temps pour pouvoir comprendre les choses dans leur ensemble, défaire les nœuds et voir ce qui avait permis à l'impensable d'arriver.

Je me suis mise à douter du sens de ce que je faisais. À quoi bon se donner du mal quand le pire restait possible ? Comment parler de bonheur lorsque tout s'effondrait ainsi ? Plutôt que de m'atteler à une tâche aussi futile, ne devrais-je pas m'investir dans la lutte contre les inégalités, dans les combats politiques et internationaux, et dans l'éducation, qui me paraissaient être au cœur du sujet ? Très vite, j'ai eu ma réponse en constatant que ça n'était clairement pas la priorité des hommes et des femmes qui nous gouvernaient. L'état d'urgence était beaucoup plus important, réduire nos libertés, entretenir la peur, accroître nos différences.

Je broyais du noir et me demandais comment allaient mes proches et les gens de ma ville, quelle souffrance ils enduraient et quelles peurs les habitaient. J'avais du mal à rester loin d'eux. Si je devais continuer à faire mon « métier » coûte que coûte, c'était à Paris que j'avais envie de le faire. J'ai alors négocié un changement de billet d'avion avec la compagnie aérienne pour pouvoir rentrer une semaine avant la date prévue.

Avant mon départ, mes colocataires m'ont annoncé généreusement qu'ils ne souhaitaient pas me faire payer de loyer mais seulement une participation aux charges. J'étais émue. Il n'y aurait pas de « retour sur investissement » de ma venue ici : le projet n'avait pas évolué, il n'avait pas grandi, n'était pas devenu fou ni connu et n'avait pas trouvé une manière pérenne d'exister, financièrement parlant. Pourtant, je venais de faire un bond et, par toutes leurs attentions, mes colocataires y avaient contribué. Je ne savais toujours pas où je voulais vivre ni exactement ce que je voulais faire de tout ce que j'entreprenais, mais je savais une chose : je ne souhaitais pas « réussir » au sens où le monde moderne l'entendait, car rien de ce que j'avais pu voir ici ne m'avait semblé faire sens humainement.

Sans que j'en aie encore tout à fait conscience, le nouveau visage de San Francisco venait de préparer en moi le terrain pour de plus vastes changements.

22.

Le 23 novembre 2015, j'étais de retour à Paris. Mon seul objectif alors était d'apporter un peu de réconfort aux Parisiens, de faire ma part pour panser les douleurs, mais aussi de contrer la peur et la haine.

Malgré le besoin urgent que je ressentais d'agir, j'ai pris le temps de redécouvrir la vie parisienne après le drame. Je me suis déplacée en métro et suis allée dans des cafés. Je n'avais jamais vu Paris aussi vide. Dans certains bistrots où l'on fait habituellement la queue pour avoir une place, il y avait maintenant le luxe de l'espace. Les rues, elles aussi, étaient plus désertes. C'était criant. On se serait cru en plein mois d'août, sauf que ceux qui étaient encore là pour peupler Paris n'étaient pas les touristes, mais les travailleurs.

L'ambiance était double : pesante et chaleureuse. La tristesse et la peur se sentaient sur les visages. Des bombes explosaient pas loin de chez nous en permanence, mais ici les générations actuelles n'avaient jamais vécu ça. On était comme abasourdi. Au cœur de ce tumulte émotionnel cependant, quelque chose était né : le lien. Dans les gestes des uns et des autres, il y avait de la solidarité. Au pied des escaliers, les poussettes trouvaient plus de porteurs qu'à leur habitude. Aux portes du métro, on ne se poussait plus, on se laissait passer. Et même, on se laissait aller à quelques doux échanges de regards. Pour une fois, on était conscient de ce qui nous unissait, on vivait la même chose.

Au bout de quelques jours, j'ai retroussé mes manches et me suis mise au travail. Il m'a fallu du temps pour trouver ce que j'allais inscrire sur mon panneau. Difficile tâche de faire renaître les sourires dans la douleur, de ne froisser personne, de ne rien forcer surtout, de se rendre juste disponible. J'ai fini par écrire : « Commençons par un sourire. » Chacun pouvait comprendre ce qu'il voulait : il pouvait s'agir de la journée, comme du fait de se reconstruire ensemble.

Le premier matin, j'ai choisi de me rendre à la gare Saint-Lazare. J'y étais déjà allée avec mon appareil photo, j'avais pu y voir beaucoup de flux et des travailleurs anonymes qui avançaient en mode automatique. J'ai choisi attentivement l'endroit où me poster. Depuis ce premier jour à Berlin, quand je m'en allais tenir mon panneau, j'avais le trac, un peu comme avant de monter sur scène. Je savais que tous les regards allaient se tourner vers moi, en revanche je ne savais pas comment ma démarche allait être perçue. Je pourrais ne pas être comprise et, peut-être, me sentir rejetée. Mais, cette fois, l'appréhension qui me tenait le ventre était différente, j'espérais ne faire de mal à personne. J'avais l'impression de marcher sur des œufs.

Un, deux, trois, je me lance… avec délicatesse. Ce qui se passe alors est assez extraordinaire. Les yeux se lèvent beaucoup plus vite qu'à l'accoutumée.

Le regard des Parisiens ne me dit pas ce qu'il m'a dit quelques semaines auparavant : « Mais vous êtes folle, mademoiselle ! » Cette fois, il y a comme une entente instantanée. Je lis sur les visages, puis j'entends pour de vrai : « Merci, c'est exactement ce dont nous avons besoin. » Un jeune homme m'envoie un message via Ordinary Happy People. J'ai l'habitude d'en recevoir, mais là le contenu est différent : au lieu de me parler du bien que je lui ai fait, il me remercie de celui que j'ai fait aux autres. Il pense au collectif.

La magie a été interrompue par les agents de sécurité de la gare. Ils ont eu des consignes très strictes : « On est en état d'urgence, mademoiselle. » Je l'avais oublié, celui-là ! J'ai essayé de leur faire comprendre ma démarche, de montrer patte blanche, de leur faire voir l'impact de cet inoffensif panneau, rien n'y a fait : j'ai été jetée dehors. « Et si vous n'y allez pas plus vite, je mets un coup de pied dans votre carton pour le plier en deux », m'a-t-on dit. C'était assez clair.

Chaque matin, je me rendrais dans des lieux publics pour faire ce que j'avais à faire, chaque matin je jouerais au chat et à la souris et m'embarquerais dans de longues explications. Parfois, j'obtiendrais, après bataille, le droit de rester. D'autres fois, je devrais m'en aller, ou plutôt m'éloigner, parce que je n'avais pas l'intention de baisser les bras.

Lorsque je racontais cela autour de moi, on me disait que « c'était normal ». « Vu le drame qu'il y a eu, il ne faut pas faire de vagues. » Pourtant, j'étais toujours cordiale et souriante, je me laissais évidemment contrôler, on pouvait fouiller mon sac à dos, me demander mon identité et observer attentivement ce que je faisais. J'avais du mal à trouver normal de ne pas avoir le droit d'être là. J'occupais l'espace public avec une démarche « citoyenne et artistique ». Si l'on avait besoin de sécurité, il me semblait que l'on avait tout autant besoin de s'apaiser par rapport à ce qui s'était passé, de retrouver un quotidien et de ne pas vivre dans la peur. Dans la bouche de la plupart des gens, cela sonnait comme temporaire. Pourtant, l'état d'urgence s'installerait dans la durée, et la présence des militaires et de leurs mitraillettes dans les rues de Paris deviendrait beaucoup plus « normale » et autorisée que celle d'une fille avec un panneau jaune qui voulait juste faire sourire les gens.

Ce séjour parisien était différent du précédent. C'était une parenthèse pour accompagner ce qui était en train de se passer. Il venait d'y avoir les attentats et leur douleur, désormais les élections régionales arrivaient et, avec elles, le vote Front national majoritaire au premier tour. De nouveau, comme beaucoup, j'ai sombré. De nouveau, mon travail s'est arrêté. De nouveau, j'ai trouvé des solutions pour l'exercer avec du sens.

Entre les deux tours des élections régionales, j'ai décidé de me rendre avec mon appareil photo dans une cité où vivent des gens d'origines très différentes, pour y faire des portraits, toujours en lien avec le bonheur. Encore une fois, je me sentais utile. Ceux qui, au sein de mes lecteurs, avaient une double nationalité me remerciaient, ils avaient compris. Ils n'étaient pas les seuls. Mes messages avaient l'air de faire du bien.

J'aurais pu continuer comme cela, à suivre l'actualité et à travailler en fonction d'elle, mais, peu à peu, je perdais l'élan positif qui m'habitait. Je n'essayais plus de donner de la joie en dehors de toute circonstance extérieure, j'essayais de réparer les douleurs du présent.

L'intention pouvait être la meilleure du monde, peu importe, je ne me sentais pas à ma place.

23.

Nous sommes au début du mois de décembre 2015. Voilà neuf mois que j'ai commencé mon projet. Le premier élan était positif, je voulais montrer de belles choses et donner confiance. Au fil des mois, ma vision du monde s'est bouleversée, je suis devenue plus « pessimiste » sur le système en place. Avant, je pensais qu'on pouvait en tirer quelque chose de bien. Maintenant, je n'y crois plus du tout. J'ai vu Berlin se poser des questions sur la démocratie ; Lisbonne se faire prendre d'assaut par les sociétés immobilières ; San Francisco se faire défigurer par la réussite entrepreneuriale ; la France se déchirer sous ses différences ; de loin, le peuple grec sombrer dans la misère, et les réfugiés, dans la Méditerranée, dans l'indifférence la plus totale de la part du monde politique.

J'ai compris aussi que, si je me concentre sur tout cela, je ne vais pas y arriver. J'ai besoin de continuer à voir ce qu'il y a de beau en ce monde, j'ai besoin de continuer à croire en l'humain et en la vie, parce que c'est ainsi que je suis.

Trois éléments extérieurs vont m'aider à ouvrir mes horizons pour garder l'élan : la lecture d'un livre qu'un ami m'a mis entre les mains, de courts documentaires que j'ai découverts lorsque j'étais à Berlin, et une virée au cœur de la politique.

Le livre, c'est *Siddharta*, un roman philosophique magnifiquement écrit par Hermann Hesse, imprégné de spiritualité. Toute sa vie, Siddharta a cherché des réponses pour comprendre l'homme et améliorer le monde, se comprendre lui et trouver la paix. Il a vu son moral passer de l'enthousiasme à l'abattement, sa vie, de l'état d'ascète à celui de bourgeois, et sa quête rester sans réponse entre les extrêmes qu'il choisissait et le tumulte qui l'environnait.

Jusqu'au jour où Siddharta a découvert le fleuve. Un fleuve qui est là depuis toujours et qui se renouvelle sans cesse avec les flots. Qui connaît les hommes, leur beauté et leur noirceur, qui est témoin des plus grandes misères et des plus grandes joies. En l'écoutant couler, Siddharta comprend que la vie et l'homme sont tels qu'ils sont, que le bon et le mauvais ne font qu'un et que rien ne sert de lutter pour réparer ce qui est. Il trouve alors la paix en vivant près de ce fleuve, un peu à l'écart, mais encore proche des hommes pour pouvoir échanger avec eux.

Lorsque je referme ces quelque cent cinquante pages, je me sens gagnée par une paix profonde. Je suis admirative de cette sagesse : reconnaître notre impuissance tout en continuant à nourrir le monde et à nous nourrir de ce qui est.

C'est alors que je me rappelle *SideWays*, une série de documentaires que j'ai découverte en mars 2015.

Hélène et Benoit qui portent ce projet vivent en camion depuis 2013. Ils parcourent la France à la rencontre de personnes inspirantes qui tentent des choses différentes pour vivre leur vie et leurs rêves. La manière dont ils filment, écrivent et photographient est grand public, dynamique, belle, poétique, et avec du fond. Un regard sensible, intelligent et accessible qui fait du bien.

Pour accomplir leur rêve à eux, Hélène et Benoit se sont inventé leur mode de vie sur les routes, loin des supermarchés et des modes de consommation faciles. En cela, ils luttent contre les injustices du système, parce qu'ils font l'effort de ne pas l'alimenter. Mais c'est dans la douceur et le bien-être, en restant proches des gens et de la nature. Pour financer leur liberté et le peu de dépenses qu'ils ont, ils sont en partie soutenus par tous ceux qui aiment leur travail, librement mis à disposition sur Internet.

En explorant les articles qui racontent leur quotidien, je comprends quelque chose de fondamental : je peux m'inscrire dans un tout autre cadre. Garder le lien mais trouver pour moi une réalité qui m'est propre et qui prend ses distances par rapport à celle que l'on m'a offerte jusqu'ici.

Au même moment, je suis invitée au Parlement européen où j'ai proposé de porter mon panneau jaune avant le vote des députés. Comme le disait l'une des personnes ordinaires dont j'ai fait le portrait : « On est plus intelligent et on prend de meilleures décisions lorsqu'on est joyeux. Parce que l'on n'est pas guidé par la peur. » Je tente d'attirer l'attention sur cet aspect avec mon action. Je vois les politiques se laisser aller à sourire.

Je fais également des portraits de députés européens que je ne publierai jamais. Certains me diront que j'ai mal joué, que j'aurais pu profiter de cette occasion pour mêler politique et bonheur et « faire le buzz ». Mais je suis déjà loin de tout ça. Avant ma venue, j'ai contacté une centaine de représentants de tous les partis et de tous les pays afin de leur proposer de discuter avec eux de la même manière que je discute avec tous ceux que je croise dans la rue. Beaucoup n'auront pas de temps ni d'intérêt pour ma démarche. Ceux qui diront oui sont ceux que le sujet habite.

Je vais d'interview en interview pendant ce court séjour et ne suis pas déçue de ce qui s'y dit. Même les politiques s'ouvrent à moi et me racontent, pour certains, des choses qu'ils n'ont jamais dites à personne. Je découvre des hommes et des femmes sincères, qui sont animés d'idéaux, qui ont des vies passionnantes. Ils ont traversé des événements difficiles et fait des choix qui les rapprochent de leur nature profonde et des autres.

Moi qui suis d'habitude très prompte à offrir un rendu de mon travail, je reste bloquée pour mettre ces portraits en forme et en ligne. En tant qu'individus, ces hommes et ces femmes ont toute leur place parmi les gens que je décris, ils sont ordinaires et heureux. Mais je ne veux pas cautionner la politique, celle qui normalement est l'affaire de tous et qui est en réalité la chasse gardée d'une élite. C'est en faisant ces belles rencontres que je comprends que beaucoup d'humains, même politiciens, ne sont pour rien dans cette dérive. À titre individuel ils essaient. C'est le système dans lequel nous sommes et les quelques grands de ce monde qui broient les idéaux et l'esprit collectif.

Pour la troisième fois en un mois, je prends conscience du non-sens d'agir « contre ». C'est comme si le puzzle de ces neuf mois de voyage s'assemblait enfin. Je sens le désir de m'extraire de tout cela pour pouvoir être plus en paix et en accord avec mes valeurs. Tout en continuant librement mon travail porteur d'espoir. Il ne me reste qu'à trouver comment.

24.

Les fêtes de fin d'année approchent. Après Paris, je suis enfin de retour à Lisbonne où, trois mois plus tôt, j'ai laissé toutes mes affaires en pensant m'y installer quelque temps. Ce n'est maintenant qu'une courte étape. Je le sais grâce à toutes les découvertes que je viens de faire.

J'ai contacté Hélène et Benoit pour leur proposer de nous rencontrer par vidéoconférence. C'est ce que nous faisons lors d'un échange qui dure plus d'une heure. Je découvre des personnes aussi sympathiques que leurs films avaient pu le laisser penser. Ce qui me marque aussi, c'est qu'ils ne sont pas des stars ou des « surhommes », ils sont accessibles. Leur liberté résonne ainsi. Tout paraît faisable. Pour autant, tout n'est pas facile : « Nous avons les contraintes de notre liberté », me disent-ils. Mais ils semblent heureux avec ces dernières, car ils les ont choisies. Je leur pose des questions sur le sens de leur démarche, leur vie et leur manière de fonctionner. Ils me racontent leur quotidien, fait de simplicité, de belles rencontres, de bricolage, de jardinage et d'heures de travail en pleine nature.

Au cours de la discussion, Benoit lance cette phrase anodine : « Et si tu prenais un camion pour continuer ton aventure ? » Hélène renchérit : « Un camion jaune pour semer le bonheur ! » Je souris. Cela me fait bien envie. Pour l'aventure, pour la liberté, pour la proximité avec les gens et la découverte de lieux inconnus. Et pour la nature. J'ai beaucoup évolué, ces derniers temps, dans ma manière de consommer, mais je prends toujours l'avion pour aller de pays en pays, parce que c'est ce qu'il y a de moins cher. Je sens une incohérence entre mes prises de conscience et cette habitude à laquelle je n'ai pas mis fin, car, je le sais, c'est le mode de transport le plus polluant par kilomètre parcouru.

Mais j'ai aussi mille arguments à opposer à cette suggestion. L'idée a beau m'enchanter, ce n'est pas sérieux de m'imaginer vivre dans un camion ! Je suis une fille seule, habituée au confort (même si je me soigne depuis quelques mois). Et je n'ai quasiment jamais fait de camping ! Pourtant, notre conversation achevée, cette petite phrase qu'ils ont lancée m'habite en permanence. Puisqu'il semble trop tôt pour savoir qu'en faire, je la laisse chanter dans un coin de ma tête sans m'en occuper.

La vie a un sens de l'à-propos tout particulier. Entre Noël et le jour de l'An, avec mon colocataire Miguel et mon amie allemande Julie, venue passer les fêtes avec moi, nous nous rendons sur une petite plage presque secrète pour y passer l'après-midi.

Je n'ai jamais vu la mer à Noël. Il y a dans cette rencontre hivernale toute la *saudade* portugaise mêlée à tant d'espoir. En plein hiver, alors que bien souvent on est blotti chez soi dans la chaleur, nous sommes au cœur des éléments. Le vent souffle fort, comme à son habitude au Portugal, l'air est frais. Nous sentons la grandeur de cette nature vivifiante et notre place en son sein. En remontant la côte qui nous a conduits jusqu'au bord de l'eau, je mets de la distance entre mes camarades et moi et me laisse envelopper par cette amie de toujours. Je fais halte face aux collines verdoyantes qui bordent la mer. Le vent souffle tout contre mon corps. Je ferme les yeux, ouvre les mains, et la paix m'envahit. Je comprends que peu importe ce que les hommes feront et ce qu'il adviendra d'eux, la nature survivra, elle a d'innombrables ressources pour se réinventer et sera toujours là pour raconter notre histoire.

Cette fois, ce n'est pas dans la tête que je vis les choses, je ressens au plus profond de moi que rien ne sert de se sentir responsable du poids de tous les maux de l'humanité, ni d'essayer de les réparer, il faut vivre en paix.

Dans la voiture, Julie nous dit : « J'aimerais dîner dans un petit restaurant au cœur d'un village perdu. » Si tel est son vœu, alors exauçons-le : trouver les endroits perdus, ça, je sais faire ! J'applique ma technique : suivre à chaque croisement la route la plus étroite et la moins empruntée. La démarche prend du temps et mes passagers finissent par se dire que nous ferions mieux de laisser tomber. Mais j'ai la tête dure.

Quelques minutes plus tard, nous y sommes : nous avons trouvé le village perdu, il ne manque plus que le restaurant. Nous croisons la route d'un habitué qui nous en indique un, quelques mètres plus loin. Quelle joie pour nous trois ! Lorsque nous poussons la porte du lieu caché, les trois visages réunis autour d'une table se tournent vers nous. C'est l'équipe du restaurant qui s'accorde un temps de pause avant de démarrer. Nous sommes arrivés trop tôt. « Repassez donc dans une heure », nous dit-on. Mais la nuit est tombée et dehors il fait froid. Après un bon quart d'heure de promenade dans le village, nous sommes frigorifiés. Si je ne fais rien, je sens que l'aventure va s'arrêter là.

C'est alors que j'aperçois une lumière par la fenêtre d'une toute petite maison. Je propose que nous essayions de nous y mettre au chaud. Nous n'avons qu'à dire que nous avons soif, puis, si la personne semble disposée et accueillante, nous lui demanderons si elle peut nous abriter quelques dizaines de minutes. Mes acolytes sont choqués. On ne dérange pas les gens comme ça ! Encore moins un dimanche soir. Mais qu'est-ce qui me passe par la tête ? Allez savoir ! Car je m'en vais tout de même toquer à la porte.

En chemin, je prépare ma phrase en portugais. Nous sommes au milieu de nulle part et je doute de trouver quelqu'un qui comprenne une autre langue. Lorsque la porte s'ouvre, j'entends un « bonjour » prononcé dans un anglais impeccable. Je suis tellement surprise qu'au lieu de me présenter poliment à cette femme, je lui demande d'où elle vient et ce qu'elle fait là. L'effrontée ! Amusée, elle me répond tranquillement qu'elle a entrepris un grand voyage en camion aménagé avec son compagnon, mais qu'ils viennent de faire halte ici à cause du froid. Je ris des hasards de la vie et lui explique le projet que je mène et mon envie du moment : sillonner les routes du bonheur en camion.

Sans que je demande rien, Kathleen m'invite à prendre une tisane.

Elle me raconte sa vie avant le départ, son travail en entreprise, son ras-le-bol, ses prises de conscience et ses tentatives de vivre différemment, plus en accord avec la Terre qui nous abrite et avec ses vœux profonds. Vient ensuite le récit de sa rencontre avec son compagnon, le départ en camion, ses écrits sur toute cette aventure et son souhait d'explorer d'autres talents. Je me délecte tellement de cet échange que j'en oublie mes amis. Lorsque je me rappelle leur existence, ils sont invités à se joindre à nous et à se réchauffer. Puis nous prenons congé de notre hôtesse.

Autour de la table, au restaurant, nous nous régalons tellement que mes amis en oublient le froid et la longue attente. Ils sont heureux de toute cette gourmandise qui nous est offerte. Dans mon cœur s'ajoute la joie d'avoir reçu un beau cadeau de la vie pour nourrir mes questions et ma quête.

Je reverrai par la suite Kathleen, qui m'offrira un petit caillou sur lequel elle a dessiné une spirale. « Cela représente notre cheminement. On part de l'extérieur, des autres, pour ensuite faire route vers l'intérieur, puiser en soi et se comprendre, avant de repartir vers l'extérieur partager avec les autres les fruits de ce que l'on est. » Ce caillou ne m'a pas quittée depuis, et je m'aperçois aujourd'hui qu'il montre la voie que j'ai suivie.

Quelques jours plus tard, un autre signe m'attend. Pour le 31 décembre 2015, nous avons prévu, avec Miguel et une amie, de faire un petit dîner à la maison.

Aucun de nous n'aime vraiment cette fête, mais nous voulons que personne ne soit seul. La veille du 31, un autre de nos colocataires invite chez nous des amis et leurs amis. Parmi eux, un jeune homme français qui parle d'écologie et voyage actuellement en camion aménagé. À part quelques Allemands, je n'ai jamais rencontré de gens qui voyagent en camion, et voilà que j'en trouve deux sur mon chemin en moins d'une semaine !

Comme nous nous entendons bien lors de cette soirée, il propose que nous venions fêter le jour de l'An au bord de la mer avec lui et deux de ses amis. Il a de la place pour nous loger dans son habitat roulant. Nous sommes touchés, mais nous déclinons, nous avons un petit dîner bien sage qui nous attend.

Le lendemain matin, cependant, se produisent plusieurs désistements. Nous ne sommes plus que trois et, visiblement, tous partants pour une aventure à laquelle aucun de nous n'a jamais goûté. Nous nous retrouvons donc quelques heures plus tard au coin du feu, sur le sable, après une après-midi de courses improvisées. La soirée est belle et longue. La fine pluie ne nous empêche pas de discuter des heures jusque tard dans la nuit, juste entre nous, puis avec la mer et quelques étoiles.

Pour la première fois de ma vie et pour la première nuit de l'année 2016, je m'endors dans un camion. Au petit matin, je suis réveillée avant les autres par les rayons du soleil qui percent les nuages en ce matin pluvieux. J'entrouvre la porte et vois, depuis mon lit, la mer, le sable, le ciel mi-voilé, mi-bleu et les fines gouttelettes qui ruissellent sur la fenêtre. J'ai passé une nuit paisible, sans avoir froid ni m'être sentie à l'étroit.

Ce réveil doux et sauvage me laisse présager une année placée sous le signe du renouveau. Je m'imagine face à cette vue tous les matins naissants. Je n'ai pas besoin de penser, je suis inspirée.

25.

L'inconnu m'appelle à nouveau. J'ai tissé des liens forts à Lisbonne, je me suis attachée à cette ville, mais je sens un besoin de rupture pour la suite de ma quête. Je quitte le Portugal avec encore plus de larmes que précédemment car, cette fois, je ne vais pas revenir de sitôt. Je prends conscience de mon destin du moment : je donne beaucoup d'amour au travers de ce que je vis, j'en reçois aussi énormément, mais je dois chaque fois accepter de me remettre en route et laisser ce que j'ai créé sur place. C'est dur, mais pour l'instant c'est ainsi, le voyage continue.

Une fois à Paris, je n'arrive plus à faire mes portraits quotidiens, il y a eu trop de bouleversements en moi ces derniers temps. Je suis en pause, ne sachant pas où l'instinct va ensuite me mener. Je réfléchis à de nouvelles destinations, mais rien ne me décide à aller dans une direction ou dans une autre. Je sais bien qu'encore une fois ce n'est pas ma tête qui a la réponse, mais mon cœur.

Dans ce brouillard, chaque matin, mue par un automatisme, je regarde des annonces de camions aménagés, le temps de rêver un peu. Rien de bien sérieux.

Et aussi, je repense à l'amour. Voilà un an maintenant que je me suis fait la promesse de le mettre de côté et de me concentrer sur les rêves qui m'habitent. Entre-temps, évidemment, je me suis amourachée plusieurs fois. Mais jamais je n'ai fait passer cela avant la quête que je suis en train de mener. Sur ce chemin, j'ai pansé les blessures du passé, celles qui certainement m'empêchaient de vivre l'amour que j'espérais.

Et puis, il y a eu ce soir de grisaille parisienne, quelques mois auparavant. À cause d'une amourette, je trimbalais mon blues à travers les rues en me demandant ce que je pouvais bien faire pour le soigner. Alors que je passais devant une salle de cinéma sans avoir malheureusement de quoi m'acheter un billet, un homme en était sorti avec à la main une carte d'abonnement qui se périmait le soir même. Il avait lancé à la cantonade : « Qui veut une place ? » Nous étions trois à nous manifester, mais j'avais répondu par un cri tellement spontané et enthousiaste que la place avait été pour moi.

Au hasard, parce que l'affiche m'avait paru jolie, j'avais choisi le film japonais *Vers l'autre rive*, de Kiyoshi Kurosawa. Un homme disparu rentre chez lui alors qu'il est mort, et propose à sa compagne de faire un voyage dans un passé qu'ils n'ont pas vécu ensemble, au cours de ces trois années d'absence. Assise seule face à l'écran, dans le noir de la salle de cinéma, j'avais versé quelques larmes et ressenti pour la première fois ce qu'était l'amour : un lien véritable qui ne se raconte pas d'histoires, un état qui, au-delà des différences et des différends, porte en lui une paix, une éternité et une confiance sans égales. Ce soir-là, je m'étais promis de ne plus m'amouracher de qui que ce soit et de laisser l'amour naître de lui-même, là où je ne l'attendais pas forcément. Voilà maintenant quatre mois que je tiens cette promesse. Bien que je sois encore occupée à réaliser mes rêves, je me sens cette fois prête pour vivre une histoire à deux.

Un matin, je rencontre Ramdam. Je vous vois venir. Non, ce n'est pas un homme mais un camion, aperçu sur une annonce Internet pas plus longue que quelques lignes et trois photos. Il est rouge pétant, rectangulaire, avec un aspect anguleux et brut, et a une « tête » différente des autres. Ce n'est pas un camion de voyage, c'est un véhicule qui semble fait pour bien plus que ça. On dirait que, comme moi, il est en mission pour aider les autres. Je ne me trompe pas car il se trouve que, dans une vie antérieure, Ramdam a servi chez les pompiers…

Sans trop réfléchir, je contacte Tom, le vendeur. Notre premier échange se passe bien et cela a toute son importance. Si vraiment je dois me lancer dans cette folie, ça ne peut se faire que dans la confiance. Tom et Florian sont deux amis de toujours habitant dans la même rue d'une petite commune alsacienne. Ils ont acheté Ramdam ensemble et lui ont choisi ce nom. C'était un coup de tête de leur part : ils voulaient sillonner les routes d'Europe pendant l'été. Ils l'ont aménagé eux-mêmes en à peine une semaine avant de partir à l'aventure. Tom et Florian ont vingt-deux ans et font leurs études. S'ils adorent Ramdam, ils se rendent bien compte que celui-ci passe beaucoup plus de temps dans leur garage que sur les routes, en raison de leurs emplois du temps chargés et de leur éloignement, lorsque l'un ou l'autre séjourne à l'étranger dans le cadre de ses études. Tout comme moi je regarde les annonces d'un œil curieux, sans être prête à sauter le pas, ils ont posté la leur, bien qu'ils hésitent à le vendre.

Je sens que je suis en train de faire une rencontre très particulière. Alors, sans me poser plus de questions et sans en parler à personne, je prends un billet de train pour l'Alsace. Tandis que j'attends à la gare l'arrivée de Tom qui est en retard pour venir me chercher, le doute pointe le bout de son nez : je me suis peut-être enthousiasmée trop vite, comme cela m'arrive parfois, et je vais être déçue. Mais lorsque Tom arrive, il me fait oublier toutes ces pensées en quelques minutes à peine.

Nous discutons longuement d'éducation, des années d'études difficiles, du sens de ce parcours, de « métier-passion » et de « métier-obligation », de la solitude parfois face à ces questionnements. Tom a vu mon projet. « Peu de gens autour de moi réfléchissent à l'après, ils avancent tête baissée pour passer les années. » Il est content de voir qu'il existe des personnes plus âgées que lui qui s'interrogent également et osent d'autres choses.

Puis il me raconte Ramdam, comment c'est arrivé, le culot qu'ils ont eu et l'énergie qu'ils y ont mise. Je suis soufflée par la détermination de ces deux petits jeunes qui ont investi toutes leurs économies dans cet achat et par la vitesse à laquelle ils ont transformé cet ancien camion de pompiers en un rêve ambulant.

Tom m'a concocté un programme à la hauteur de mes espérances. Comme entrée en matière, sa maman nous a cuisiné un bon déjeuner que nous prenons le temps de partager. Nous avons le souhait de nous découvrir. Au travers de cette démarche se lit déjà l'importance de Ramdam : bien plus qu'un camion, c'est un compagnon qui va peut-être se transmettre d'une personne à l'autre. Les échanges sont concluants ; plus les conversations avancent et plus on s'apprécie. Nous nous rendons ensuite à l'endroit où Ramdam patiente depuis quelques mois dans l'attente d'une prochaine aventure.

Je me rappelle précisément les sensations de mon premier face-à-face avec lui : Tom est en train d'ouvrir l'abri en bois et de monter dans la cabine pour le faire démarrer, je reste seule devant lui à le regarder et j'oublie quelques instants ce qui se passe autour. Ses phares sont comme des yeux qui pétillent et qui me scrutent. Et sa bouche de ventilation lui dessine un sourire grand et plat, comme dans l'attente. « On y va ? » semble-t-il dire de sa tête un peu robot, un peu rétro. Intemporelle.

C'est à cet instant précis que je sais que c'est mon camion et qu'ensemble nous allons continuer le voyage. Voilà un mois que je patiente à Paris sans avoir aucune idée de ce que sera la suite. Comme je me l'étais promis à l'origine, j'ai tenu à ne rien forcer, malgré la longueur de ce moment de doute. Un mois, c'est presque interminable lorsqu'on ne sait pas où l'on va. Mais, en cette minute, je suis récompensée, j'ai sous mes yeux la réponse, elle est claire et ferme. Le rêve est reparti.

26.

Je ne suis pas au bout de mes joies pour cette journée. Tom m'emmène avec Ramdam sur un terrain en haut d'une colline, où des amateurs font décoller des avions miniatures.

Au moment de monter dans le camion, je découvre…

Le bruit du moteur. Un vieux bougre de 1993, ça n'est pas vraiment silencieux.

La fumée qui sort du pot d'échappement. Parce que notre ami n'a pas roulé depuis des mois.

La sensation d'être perchée en haut d'un arbre.

Et la vue panoramique offerte par ce large pare-brise.

En chemin, nous nous arrêtons à une station de lavage. Après quelques minutes de jet d'eau, Ramdam scintille. Les pompiers en ont pris grand soin, sa carrosserie rouge pétant est flambant neuve. Une fois sur place, nous montons sur la galerie noire au-dessus du toit pour admirer les avions et improviser un petit goûter. Le vent frotte nos oreilles, mais le soleil nous réchauffe. Nous ne nous arrêtons pas de parler de toute l'après-midi.

Puis nous nous remettons en route, sauf que cette fois c'est moi qui prends le volant. Je découvre les sensations qu'offre la conduite d'une si grande et vieille bête. Le pommeau du levier de vitesses est différent de celui d'une voiture. Tout est plus lent et lourd à mettre en mouvement. Il faut être délicat tout en étant ferme, c'est un équilibre difficile. Une fois lancée, je suis plus à l'aise, du moins jusqu'au virage suivant où je cale en pleine circulation.

Pendant que je fais mon baptême, Tom s'amuse. Lorsque nous croisons des promeneurs sur le bord des petites routes de campagne, il me dit « Klaxonne, tu vas voir », je m'exécute sur-le-champ. Les sourires naissent sur les visages en même temps que les mains se lèvent pour nous saluer. Je ris de mes points communs avec Ramdam : lui aussi fait sourire les gens !

Nous faisons tellement durer le moment que j'attrape mon train de justesse, le soir. Au moment de nous séparer, Tom et moi nous parlons comme si c'était une évidence, nous allons nous revoir et je repartirai cette fois avec Ramdam. Si d'aventure ça n'était pas le cas, nous serons de toute façon heureux de cette rencontre.

Une fois de retour à Paris, je prends le temps de la réflexion au-delà du coup de cœur que j'ai eu. Je me demande s'il est vraiment raisonnable de partir vivre dans un camion. À cela s'ajoute le fait que le prix est plus élevé que ce que j'avais prévu. Et c'est un véhicule essence, il me faudra prévoir un gros budget pour faire des kilomètres. Enfin, à l'intérieur, côté « maison ambulante », il ne me fait pas encore rêver. L'aménagement est moins joli et fonctionnel que je ne l'avais imaginé. Florian et Tom se sont donné du mal, mais ils y ont passé une semaine seulement, c'était leur première expérience, et ils ont aménagé le camion pour deux grands gaillards en vacances, en plein été, en maillot de bain et en tongs. Moi, je m'apprête à y vivre à plein temps et nous sommes début février : le voyage va débuter en plein hiver.

Sur les parois intérieures du camion, de chaque côté, se trouvent deux lits rabattables qui font chacun un mètre quatre-vingt-dix de long (deux grands gaillards, vous dis-je), mais seulement cinquante-six centimètres de large (« À la dure, les enfants ! »). Il y a ensuite un coin cuisine avec un réchaud et un évier, mais sans « eau courante » (pas de pompe à eau qui puise dans une cuve, il faut se servir avec un bidon) ; une grande cabine fermée occupe beaucoup de place et abrite des toilettes chimiques et un bac à douche (dans lequel on ne peut pas tenir debout et où il n'y a pas l'eau courante). Au niveau de l'isolation, des plaques de liège ont été posées au plafond et sur les parois, mais de très nombreux endroits n'ont pas été recouverts et laissent aisément rentrer le froid. Si j'achète Ramdam, il me faudra donc revoir l'aménagement avant de partir pour en faire quelque chose de plus fonctionnel, joli, et isolé. Or, en plus de n'avoir quasiment jamais fait de camping, je n'ai jamais bricolé de ma vie.

S'ensuivent alors des heures de conversations téléphoniques avec Benoit, l'aventurier nomade qui crée des documentaires sur la route avec sa compagne Hélène. Après avoir lancé l'idée du camion, il assume les conséquences jusqu'au bout et fait le service après-vente ! Il m'apporte le plus grand des soutiens, mais sans pouvoir m'aider concrètement car il se trouve à des milliers de kilomètres de là. D'après lui, le choix de Ramdam ne semble pas du tout raisonnable, mais tout est possible et, si ce camion m'appelle, alors je trouverai des solutions et de l'aide. Je découvre que lui non plus n'avait aucune connaissance en bricolage et en mécanique lorsqu'il s'est lancé dans l'achat de son camion et qu'il a tout appris sur le tas. Cependant, il a fait, lui, le choix d'une solution fonctionnelle, dès le départ. Je discute aussi avec Tom afin de mieux comprendre Ramdam et ce dont je vais avoir besoin pour l'améliorer. J'ai beau discuter, la décision ne vient pas.

Tout est encore secret, je n'ai pas parlé de Ramdam sur Internet et encore moins à ma famille : je ne veux pas enthousiasmer les uns ni inquiéter les autres. À un moment, cependant, je perçois l'absurdité de ma démarche : je mène un projet visant à apporter du soutien à tout un tas de gens qui me sont inconnus, mais moi je ne suis pas capable de leur en demander. Si je dois faire cette folie, ce n'est pas toute seule que je vais y arriver, mais avec les autres !

Je prends alors mon courage à deux mains et partage mes doutes sur Internet au sein d'un court billet. J'y présente Ramdam, le fait qu'il est rouge sourire et qu'il me permettra de me rendre dans de nombreux coins de la France. Je parle aussi de ses défauts, avant de m'enquérir : « Certains souhaitent-ils m'aider à aménager Ramdam en me soutenant financièrement ou en m'aidant concrètement à l'améliorer ? » « D'autres sont-ils prêts à m'accueillir pour passer la nuit dans leur jardin, ou encore pour que je puisse prendre une douche et rester propre durant cette aventure ? »

À peine ai-je posé ces questions que les uns et les autres se manifestent pour me dire qu'ils adorent l'idée (et la tête de Ramdam), qu'ils sont « bricolos » (pour certains), qu'ils attendent l'ouverture d'une cagnotte ou qu'ils peuvent nous accueillir aux quatre coins de la France. J'ai voulu du soutien, je suis servie ! C'est alors que je me sens prête car je ne suis plus seule. Je cesse de réfléchir et de tergiverser, et me lance.

Le samedi 27 février 2016, je saute dans un covoiturage avec mon amie Lucile à destination de l'Alsace. Tom et Ramdam nous attendent pour nous emmener signer tous les papiers. C'est la première fois de ma vie que je fais un achat aussi conséquent. J'ai embarqué Lucile pour lui changer les idées, mais elle qui me connaît bien sait qu'elle m'accompagne dans cette étape. Grâce au lien que nous avons tissé avec Tom, la signature se passe bien, pour moi comme pour lui, qui a eu du mal à se séparer de Ramdam. Ensuite, nous faisons ensemble un grand nettoyage. Puis Lucile et moi passons la nuit dans le camion plutôt que de faire encore de la route.

Je savais que cette première nuit serait dure, mais je ne m'attendais pas à une épreuve aussi sévère. Nous avions prévu des sacs de couchage et nombre de couvertures polaires, mais notre matériel n'est pas vraiment adapté… Dans Ramdam, il fait tellement froid qu'un nuage de vapeur s'échappe de notre bouche lorsque nous soufflons. Pas étonnant, en février, à quelques kilomètres des Vosges.

Nous sommes posées sur le terrain où Tom m'a emmenée essayer Ramdam la première fois. Je suis frigorifiée et si inquiète à l'idée d'avoir fait la plus grosse bêtise de ma vie que je ne bouge pas, assise sur la banquette. Lucile, elle, ne semble pas du tout perturbée. Elle s'affaire à la préparation d'une boîte de raviolis tout faits qu'elle a apportée (moi, je n'ai pensé à rien), s'amuse à décorer le camion (avec des bougies, par exemple, qui par la suite manqueront de lui brûler les cheveux), et elle s'endort sur ses deux oreilles… en moins de temps qu'il n'en faut pour le dire. Moi, je ferme à peine l'œil de la nuit.

Le lendemain matin, le réveil les pieds dans l'herbe face à la campagne brumeuse m'apporte un peu de réconfort. Lucile est tout excitée par tant de bien-être, elle retrouve les plaisirs de l'enfance en camping. Après un petit déjeuner concocté grâce, encore une fois, aux vivres qu'elle a apportés, nous nous mettons en route.

Et tout s'apaise. Au volant, je suis dans mon élément. Malgré le manque de sommeil, je roule des heures durant. Je souris des plaisirs de la conduite de ce véhicule original, j'admire les paysages panoramiques, je parle même à mon camion. En fin de journée, sur le siège passager, Lucile ferme les yeux et s'endort avec le sentiment d'une mission accomplie. Dans ce premier moment de solitude avec Ramdam, où la musique résonne dans l'habitacle, je me sens comme dans un western : je laisse mon passé derrière moi et fais route vers l'horizon, face au soleil couchant.

27.

Une fois à Paris, Ramdam et moi nous retrouvons tous les deux au milieu de la cohue parisienne. Avec notre air pataud, nous ne faisons plus sourire, nous gênons. Nous avons du mal à nous insérer dans le trafic parisien, et encore plus à trouver un stationnement. L'heure n'est plus à l'attente mais à la préparation du voyage : rendre concret le nouvel aménagement, ainsi que l'habillage de Ramdam, pour pouvoir prendre la route. Sur une idée de Tom, je veux écrire en gros sur le camion « Ordinary Happy People », pour qu'il change de peau en même temps qu'il change de mission : il n'est plus là pour secourir les gens mais pour leur apporter du bonheur.

Je m'affaire à contacter tout un tas de personnes qui pourraient m'aider pour l'aménagement. Il y a des professionnels qui proposent le top du top en une semaine mais pour un budget qui représente un gros risque financier. Tout comme je l'ai fait lors de mon départ de Paris un an auparavant, je me laisse la possibilité de me tromper. Si cela ne se passe pas bien, il faut que je puisse revendre Ramdam. Or, je sais bien que je ne pourrai pas en obtenir un prix plus élevé que celui auquel je l'ai acheté. Il y a aussi les rares amis qui ont des connaissances en la matière, mais qui malheureusement sont très occupés. Et puis un membre éloigné de la famille qui propose d'intervenir, gratuitement, à mes côtés, et d'y consacrer deux mois. Et cet inconnu qui pourrait nous accueillir sur son terrain et m'apprendre à faire moi-même, mais qui commence déjà à profiter de la situation pour me draguer.

J'ai tellement hâte de prendre la route que je m'apprête à accepter le coût d'un aménagement par un professionnel ou alors, soyons fous, à partir avec un Ramdam en l'état. Un ami voyageur me dit : « Patiente, Aurélie, ça va venir. » Tant bien que mal, j'essaie.

Puisque je n'arrive pas encore à faire le grand saut, un matin, je m'en offre un petit avant-goût en allant écrire dans Ramdam au bord d'un lac aux portes de Paris. C'est déjà toute une organisation. J'enfile bonnet, collant et manteau de ski et prends le volant en musique pour me donner de l'entrain.

Grâce à une lectrice qui m'a proposé son aide et avec laquelle je me suis entretenue au téléphone pendant plus d'une heure, je décide de partager mes doutes et mes difficultés en ouvrant un journal de bord public. J'ai chargé au préalable la batterie de mon ordinateur, j'installe une connexion Internet à l'aide de mon téléphone portable et, pour la première fois, je prends la plume depuis Ramdam. Ses portes sont grandes ouvertes. J'entends les oiseaux qui chantent. Et les sportifs du matin me sourient.

En partageant ce que je vis sur le moment, je reçois, encore une fois, le soutien de personnes que je connais, et d'inconnus. Cela me donne du courage pour me jeter à l'eau même si je ne suis pas prête. Je décide alors que, quoi qu'il arrive, je prendrai la route le 26 mars 2016. Cela me laisse un peu plus de deux semaines pour trouver des solutions.

En réalité, je n'ai rien à chercher car, sitôt ma décision prise, une danse de générosité et d'heureux hasards se met en place autour de moi. Il y a d'abord Hélène et Benoit, qui m'annoncent qu'ils seront à Paris quelques jours avant mon départ et qu'ils feront ensuite route vers le sud. J'ai aussi choisi de prendre cette direction pour y trouver un peu plus de chaleur. Ils proposent que nous naviguions ensemble la première semaine. Je découvre ainsi que traverser la France du nord au sud peut prendre une semaine ! Je suis extrêmement touchée par tant de gentillesse, et rassurée : je ne ferai pas mes premiers pas seule.

Puis il y a Corinne, qui m'aide à aller au bout de mon idée d'habillage extérieur alors que personne n'y croyait. « Il faut que vous imprimiez Ordinary Happy People en plus petit, m'ont dit les imprimeurs ; sinon ça ne marchera pas à cause des reliefs du camion. » Mais Corinne croit au fait qu'on ne peut pas dire non aux envies de quelqu'un avant d'avoir essayé. Alors, avec ses talents de couturière, elle crée mon logo en taille réelle sur une vingtaine de feuilles A4 que nous découpons et collons patiemment avant de les poser sur Ramdam une après-midi durant. Nous avions raison d'y croire car, contrairement à ce que l'on nous a dit, cela fonctionne !

Je peux maintenant me mettre en quête d'un imprimeur susceptible d'accomplir ce travail pour un prix raisonnable. J'ai reçu des devis intéressants, mais de la part de gens qui ne peuvent m'assurer que l'autocollant tiendra sur une carrosserie. Benoit, quant à lui, est tombé sur un imprimeur ambulant perdu au milieu d'une forêt allemande qui se propose de faire l'impression au prix coûtant pour me donner un coup de pouce. « C'est un signe du destin ! » me dit-il. Mais malgré la beauté du geste, le signe du destin ne doit pas avoir la meilleure connexion Internet du monde car je recevrai de ses nouvelles seulement après mon départ.

En me baladant dans le 11e arrondissement après un rendez-vous, je pousse la porte de plusieurs imprimeurs, toujours sans succès : aucun n'est capable d'effectuer des travaux sur carrosserie. Le dernier établissement visité se situe à deux pas de mon ancien bureau, où je faisais du théâtre pour les entreprises. Je décide de passer dire bonjour.

Lorsque mon ancien patron me demande ce que je fais là, je lui explique tout, le camion, la préparation du départ et la quête de l'imprimeur. « Tu es toujours aussi folle, me répond-il en riant. Et tes parents, ils tiennent le coup ? » Je souris. Derrière ces mots inquiets il y a toute l'affection qu'il me témoigne. Puis il ajoute : « Arrête donc de chercher un imprimeur, il t'en faut un spécialisé. J'en connais un, avec qui je travaille régulièrement, je l'appelle. » Il passe un coup de fil et nous met en contact. Pendant ce temps-là, Corinne m'envoie les fichiers de réalisation, ceux qui permettront de faciliter grandement le travail de l'imprimeur. Un rendez-vous est aussitôt pris et, quelques jours plus tard, mon camion est habillé par un professionnel qui ne me demande rien en échange, « offert par la maison, grâce à une longue et amicale relation de travail ».

Je remercie ceux qui m'aident, avec des fleurs, des plantes et autres cadeaux. Quant à tous ceux qui participent à la cagnotte avec une grande générosité, je leur exprime ma gratitude en leur écrivant des petits messages. Avec tout cela, Ramdam est encore nu à l'intérieur, me direz-vous. Eh bien, il se trouve que, de ce côté-là aussi, les choses viennent toutes seules. Un soir, un ami de mon club d'escalade refait surface alors que je n'ai pas mis les pieds là-bas depuis deux ans et que notre dernier échange date d'il y a un an, au moment où je me lançais dans l'aventure. Il m'écrit quelques phrases au sujet de mon projet qui le fait sourire, mais cela ressemble plutôt à une entrée en matière. La vérité, c'est que, sans que j'en sache rien, il est passionné de camions aménagés et me contacte pour savoir si j'ai besoin de conseils et d'un coup de main. Je connais l'ampleur de la tâche puisqu'elle se chiffre soit en milliers d'euros, soit en plusieurs dizaines de jours, aussi je ne crois pas vraiment au fait que cet ami puisse m'aider concrètement. Mais sa main tendue me rend heureuse, alors nous prenons rendez-vous pour qu'il découvre Ramdam et que nous discutions un peu, ne serait-ce que de ses expériences en la matière.

Nous nous voyons un samedi matin au milieu d'un bout de verdure parisienne. Le soleil tape contre Ramdam et Philippe m'explique comment toutes les variations climatiques se transmettent de l'extérieur à l'intérieur malgré la couche d'isolation. Je découvre les ponts thermiques. Malheureusement, contre cela il ne peut rien faire car nous manquons de temps. Mais, pour tout le reste, il a des idées. Sans même que j'aie à le dire, Philippe comprend que j'ai besoin de transformer mon habitat roulant en un laps de temps très court et pour un tout petit budget. Ce besoin irrépressible de prendre la route, il le connaît bien, lui qui en est à son deuxième camion.

Il prend le soin d'observer Ramdam et de sentir l'atmosphère, tranquillement assis sur la banquette. Puis ses idées émergent. Selon lui, il suffit de faire une croix sur l'existence d'une douche, d'un Frigidaire et de toilettes, de démonter quelques meubles existants et de les remonter, pour agrandir notamment la largeur des lits ainsi que l'espace de travail de la cuisine, et apporter « l'eau courante ». Tout cela me paraît miraculeux. En acceptant que tout ne soit pas parfait, on peut rendre Ramdam habitable avec pas grand-chose et en peu de temps.

Cependant, j'ai beau avoir écouté tous ses conseils attentivement, je suis incapable de les mettre en pratique seule. Je n'ai pas compris que Philippe me propose de m'accompagner sur ce travail, par passion pour les camions et le bricolage, mais aussi avec une grande générosité, pour aider un projet qui lui semble faire sens humainement.

Pendant cinq jours, ensemble, nous arpentons les magasins de bricolage, nous dévissons, forons, scions, coupons, ponçons et revissons. Pour limiter les risques liés à mon statut de débutante, je m'applique d'abord à tout démonter pendant que lui construit. Je découvre le plaisir de voir mon habitat prendre forme grâce à mes propres travaux.

La plupart du temps, nous travaillons dans deux endroits séparés, moi dans le camion, lui dans l'atelier. Mais il nous arrive aussi de nous retrouver au même endroit, pour qu'il m'apprenne à faire, après que j'ai appris à défaire. Philippe a à cœur de connaître mes besoins et y apporte chaque fois des réponses astucieuses. Je participe aussi à les rendre possibles. Quelques embûches se trouvent sur notre chemin, mais nous parvenons toujours à les contourner.

Sur les temps de pause du midi, ou parfois alors que nous nous appliquons à équiper Ramdam d'une ribambelle de vis, nous discutons. Au fil des heures, nous découvrons que nous ne nous connaissions pas tant que ça. Nous apprenons mille choses sur l'autre qui résonnent en nous. En rentrant chez moi le soir avec Ramdam, et lorsque j'en ai le temps, je nous prépare une gamelle pour le lendemain midi. Mais il arrive aussi à Philippe de me proposer de dormir chez lui pour m'éviter les longues heures d'embouteillages parisiens et de recherche d'un parking. Alors qu'il m'aide déjà toute la journée, il me cuisine aussi à dîner le soir, avec attention et délicatesse. Nous discutons encore des heures tout en nous régalant. Sans que nous y prenions garde, nos deux cœurs se mettent à battre différemment lorsque nous sommes ensemble, d'un rythme paisible et fougueux à la fois.

Cinq jours plus tard, Ramdam est prêt au départ. Je le trouve enfin beau de l'intérieur et je m'y sens pour la première fois comme chez moi. En dernière minute, une ancienne collègue m'y ajoute de la couleur et du confort avec des rideaux et des coussins qu'elle a fabriqués elle-même avec ses filles. La maman d'une amie, qui suit mes aventures, me donne des couvertures bien chaudes pour résister à l'hiver. Julie, mon amie allemande, me fait parvenir un journal de bord papier. Quant à Lucile qui m'a accompagnée pour aller chercher Ramdam, elle grimpe encore une fois à bord et m'aide à finir de l'équiper en vaisselle, ustensiles et vivres (auxquels je n'ai même pas pensé). Puis je charge mes affaires : mon matériel pour travailler (mon panneau jaune, mon ordinateur et mon appareil photo) et mes habits bien chauds.

À 23 heures, la veille au soir du samedi 26 mars, je suis fin prête. Je me couche sans vraiment réussir à dormir. Demain, Ramdam et moi prenons la route pour la liberté.

28.

Ce samedi matin-là, je retrouve, aux abords de Paris, Hélène et Benoit qui sont encore en train de prendre leur café. De mon côté, l'excitation m'a tirée du lit aux aurores. Nous nous connaissons déjà sans jamais nous être rencontrés. Un bonjour, un sourire, tout peut désormais commencer.

Puisque nous avons tant discuté « camion » auparavant, nous mourons d'envie de découvrir nos compagnons respectifs. Depuis le début de nos échanges, le leur, Ti'camion de son petit nom, me fascine. Il est bien isolé, aménagé tout en bois comme une jolie maison, avec une douche et des toilettes, un lit, une cuisine, un bureau, tout cela dans un espace plus petit que celui de Ramdam ! À l'extérieur aussi, Ti'camion invite au rêve : çà et là, sur la carrosserie, des étoiles de toutes les couleurs ont été dessinées. Des mots dansent un peu partout, poétiques et simples, véhiculant l'idée que tout est possible, à commencer par le fait de réaliser ses rêves et d'être à sa place dans une société plus « juste, solidaire et harmonieuse » à bâtir tous ensemble.

L'un des mots favoris de mes deux nouveaux acolytes est l'autonomie ; alors nous soulevons mon capot et ils m'apprennent à faire le contrôle des niveaux avant de partir. Pour la première fois je découvre le moteur, qui se trouve entre le siège conducteur et les deux sièges passagers. Benoit s'émerveille de la mécanique de Ramdam : « C'est propre, on pourrait manger dessus ! »

Il me reste encore à acheter des bidons pour stocker l'eau qui deviendra de « l'eau courante » grâce à la pompe que nous avons choisie, Philippe et moi. Nous mettons donc le cap sur la nationale 20, qui est bordée de magasins pour camping-cars. Hélène et Benoit sont comme ils étaient au téléphone : pétillants et remplis de généreuses attentions à chaque seconde. Ce soir, nous verrons bien où nous dormirons, cela dépendra du nombre de kilomètres que nous aurons parcourus d'ici là. Pas de pression ni d'objectif. Le seul but : sortir le plus vite possible de la nationale pour aller arpenter les petites routes bordées de nature. Ensuite, nous pourrons compter sur une application mobile qui aide à repérer des endroits sauvages où dormir, grâce à une communauté en ligne.

Benoit se met au volant, Hélène copilote et moi je suis. Sur le périphérique, les gens sont attirés par ce convoi qui sort de l'ordinaire. Il faut dire qu'avec nos deux camions farfelus rouge et bleu nous ne passons pas inaperçus. Quelques enfants nous regardent longuement et nous font des signes de la main. Les sourires naissent sur les visages sans que nous fassions quoi que ce soit.

Au moment du repas, Hélène et Benoit m'invitent chez eux. J'ai complètement oublié d'acheter des légumes et de quoi préparer un déjeuner normal pour compléter les vivres de secours que Lucile m'a donnés. Comme si je n'avais pas encore intégré que mon véhicule est aussi ma maison. Sans se poser de questions, ils partagent tout et offrent de cuisiner. Je ne pouvais pas être mieux entourée.

Lorsque nous sortons enfin de la nationale, nous pouvons prendre notre vrai rythme. Hélène a une technique pour que son GPS trouve les plus petites routes : elle règle chaque fois la prochaine étape sur un petit village qui se situe entre l'endroit où nous sommes et notre destination. Et c'est ainsi que nous voguons, un peu comme au compas. Nous roulons doucement parce que rien ni personne ne nous attend et que mille spectacles s'offrent à nous. J'ouvre grand les yeux dans le cockpit de Ramdam comme je le ferai tout au long de mon voyage.

Le soir, nous trouvons un endroit tranquille loin de la route, au bord d'un petit étang. La nuit est déjà tombée. Nous sentons le vent se lever et jetons un coup d'œil à la météo. Réflexe indispensable à la vie en camion. Une tempête est annoncée, nous nous installons bien loin des arbres au cas où l'un d'eux viendrait à tomber. Cette première soirée s'annonce agitée. Cela ne nous empêche pas de discuter des heures durant autour d'un bon dîner et d'un jeu de cartes, de nous découvrir pour de vrai, de parler de la vie nomade et de la vie tout court. Il est 23 heures passées lorsque je pars de chez eux avec le sourire pour rejoindre Ramdam et vivre mes premiers instants seule avec lui, ailleurs qu'au volant.

Tout commence par les étoiles. Depuis toute petite, j'aime observer les lumières des alentours le soir et sentir que je ne suis pas seule. Si par chance j'arrive à voir des étoiles, ce sentiment est encore plus fort. Je me sens protégée, faisant partie d'un tout, à la fois si petite et si grande dans cet univers.

Ce soir-là, en sortant du camion d'Hélène et Benoit, et avant de rejoindre mon chez-moi, je fais quelques pas dans l'herbe et lève les yeux. Au-dessus de ma tête, elles sont des milliers.

Un silence profond règne. Seuls le bruit du vent et le clapotis de l'eau viennent le perturber, y ajoutant quelque chose de sauvage. Je suis au milieu de la vie. Mon cœur bat au rythme de quelque chose de profond, ce n'est plus le rythme de la ville, ce n'est plus celui des humains ; c'est le mien, en concordance avec ce qui est, si grand, si puissant.

Comme s'il devinait ce que je vis, Philippe m'envoie un message à ce moment précis. « Je te souhaite une belle première nuit sous les étoiles exactement. » L'évidence m'entoure.

Je rentre chez moi et, plus tard, j'ouvre la première page du carnet de bord de Ramdam.

> Une pluie apaisante se fait entendre au-dehors du camion.
>
> Les rituels qui ont accompagné le coucher se sont déroulés avec douceur et bien-être. Faire mon lit, me mettre en pyjama, me laver les dents et les mains. Ces petites choses qui normalement ont un goût de devoir deviennent une chance. Je suis en pleine nature et j'ai la possibilité de faire ça.

Je ne connais rien de la vie en camion, je l'appréhende un peu, et pourtant il y a quelque chose qui sonne de manière familière. La liberté peut-être. L'aventure. Ou alors quelque chose que nous avons en nous et qui se réveille. L'amour de la simplicité.

Carnet de bord de Ramdam,
quelque part en France, au bord d'un petit étang,
26 mars 2016

29.

Lorsque je me suis lancée dans ce voyage avec Ramdam, j'ai dit : « Je sais que c'est avec lui que je vais pouvoir continuer mon projet et le faire évoluer », mais j'ignorais comment. L'année qui s'était écoulée m'avait appris à improviser plus que jamais en suivant mon instinct, aussi je me faisais confiance : j'allais trouver des réponses.

Une fois le départ pris, je ressens comme une urgence d'agir et de retranscrire mes actions sur la Toile. J'ai fait patienter tout le monde trop longtemps. Maintenant, il faut que le projet avance ! Mais cela n'est pas si simple. La vie en camion est un véritable chamboulement qui prend le pas sur le reste. Jusqu'ici j'ai posé mes bagages dans des pays étrangers, seule, et il a fallu m'y habituer. Là, je suis entourée de Benoit et Hélène et pourtant j'ai l'impression d'être partie vivre à l'autre bout du monde. Je suis en mouvement constant. Chaque soir, je découvre un nouvel habitat. Benoit me dit : « C'est pour cela qu'il faut que tu fasses de l'intérieur de Ramdam ton petit cocon, car alors tout pourra changer autour, tu te sentiras toujours chez toi. » Créer un cocon m'a pris des années dans mon appartement parisien. Je ne sais pas trop comment m'y prendre dans un camion.

Sur le tableau de bord de Ramdam, je dispose des petits objets qui m'accompagnent depuis le début de mon périple et qui se sont multipliés au fil des mois : un trèfle à quatre feuilles en médaillon de verre que Lucile a fabriqué, une maison miniature, des petites pierres et des coquillages. Sur les murs, je pose une carte postale par-ci, une photo par-là. « La musique, n'oublie pas la musique. » Sauf que la musique, je l'écoutais en ligne sur Internet. Là, point d'Internet la plupart du temps. Ni d'électricité, de toute façon, pour recharger la batterie de mon ordinateur. Lucile m'a prêté son lecteur MP3 au moment du départ, je l'écoute souvent mais ses musiques ne sont pas les miennes, je m'en lasse plus vite.

Dans cette dynamique nomade, pour l'instant je n'ai qu'à « suivre ». Ce sont mes deux acolytes qui chaque jour repèrent un endroit où dormir. Ce sont eux aussi qui parent à l'urgence lorsque j'annonce : « Je n'ai plus d'eau » – c'est-à-dire, au début, tous les jours ! Le vendeur des bidons a été optimiste : « Vous pourrez tenir quelques jours sans problème », m'a-t-il dit. J'ai vingt-six litres avec moi, répartis dans deux bidons que je porte à bout de bras. En moyenne, les Français dépensent cent cinquante litres d'eau par jour (en comptant les chasses d'eau qui, à chacune de leurs utilisations, déversent sept litres). Chaque goutte compte et détermine la durée de mon autonomie en pleine nature. Je fais ce que je peux pour « économiser », mais sur ce point je semble un peu maladroite et dépensière. Hélène me rassure : trouver de l'eau en

France, ça n'est pas compliqué. Quant à ma consommation, elle sera toujours moins élevée que lorsque j'habitais en appartement. Tous deux m'aident à être patiente avec moi-même. C'est normal que je prenne un peu de temps pour m'habituer à tous ces changements.

Le soir, vient le problème du froid. Les températures avoisinent les cinq degrés dans le camion la nuit car Philippe et moi n'avons rien pu faire contre les ponts thermiques dans un délai si court. L'aménagement de Ramdam est « provisoire ».

Je superpose les couches en faisant mon lit : après avoir abaissé la planche de bois, sorti et déplié le matelas, je dispose un drap, un sac de couchage, une couverture en laine de grand-mère, puis une autre. J'enfile ensuite un pyjama, un pull à capuche, une polaire, une paire de chaussettes de ski et un bonnet, avant de rabattre ma capuche sur le tout. Un équipement tout en légèreté ! Me coucher me prend environ trente minutes. J'ai une technique aussi : une fois en tenue, je fais chauffer de l'eau et laisse la bouilloire tourner à plein régime quelques minutes pour que la vapeur d'eau réchauffe mon intérieur. Lorsque j'ai réussi à gagner deux ou trois degrés, je remplis une bouillotte offerte par un ami en prévision de ces moments, je la glisse dans le lit et rabats toutes les couvertures sur moi. J'ai au moins réussi à me créer un cocon la nuit, il me faut en général quelques minutes à peine pour m'endormir.

Dans notre vie nomade, les magasins sont loin. Il faut prévoir les courses en chemin car, une fois posés, nous n'avons que la nature autour de nous, et nous ne sommes pas vraiment des chasseurs-cueilleurs.

Pour laver nos affaires, nous devons nous mettre en pause : la technique d'Hélène et Benoit, c'est de préparer à déjeuner sur le parking pendant que notre linge tourne dans la laverie qui, en général, se situe aux abords d'une galerie marchande. « Mais que vont dire les gens de nous voir égoutter nos pâtes ici ? » Comme si mes deux compagnons en avaient quelque chose à faire ! Alors, comme eux, moi aussi je m'en amuse. Et je constate que les rares personnes qui nous remarquent en profitent pour venir échanger quelques mots.

À tout cela s'ajoute l'évolution de mon logement. Philippe et moi avons eu beau mettre tout notre cœur dans cet intérieur, certaines choses nous ont échappé. « Ton installation de gaz, ça ne va pas », me dit Benoit. Les plaques de cuisson sont reliées à la bouteille de gaz par un simple tuyau, là où normalement il faudrait un flexible particulier qui a une durée de vie définie. « En camion, on ne rigole pas avec le gaz », insiste Benoit. Je veux bien le croire. Qu'à cela ne tienne, nous allons donc changer ça ! Mais une fois en possession du nouveau flexible aux normes, nous nous rendons compte qu'il ne se raccorde pas aux plaques, il nous faut donc imaginer une solution. Au milieu de notre itinéraire du nord au sud de la France, nous faisons halte dans des magasins de bricolage et de camping-car. Ce que nous cherchons n'est pas à disposition instantanément. « Vous souhaitez que je vous le commande ? » demande le vendeur. Euh… comment dire, dans une heure nous n'habiterons plus ici, « Non, merci, c'est gentil ». Au final, je perds l'usage de mes plaques de gaz, je n'ai plus de quoi cuisiner ni faire chauffer de l'eau pour me réchauffer. Cela durera une semaine, le temps de chercher le matériel adapté à mon installation et à mes finances ! Je ne le trouverai pas et finirai par racheter des plaques de cuisson au prix fort. Mais on ne fait pas l'impasse sur la sécurité.

Je culpabilise par rapport à Ordinary Happy People, mais il me faut bien l'admettre : faire mes premiers pas dans cette nouvelle vie accapare toute mon attention et toute mon énergie. J'ai besoin d'apprendre à y être un peu plus à l'aise avant de pouvoir me tourner vers les gens. On ne peut apporter aux autres que si l'on s'aide aussi soi-même. Devant cette évidence, je suis obligée de patienter. Une nouvelle habitude cependant semble s'être installée. Chaque jour, comme un rituel au moment du coucher ou parfois en pleine journée, j'ouvre le carnet de bord de Ramdam.

> Ce soir j'ai peur car il y a un vent violent dehors et je me sens plus vulnérable et plus seule. Mais pas une seconde je ne me demande ce que je fais là. Je sais que je suis à ma place, bien qu'elle me semble totalement inconnue et décalée.
>
> Cela me rappelle mes débuts en impro. Lorsque je montais sur scène, je ressentais un grand malaise, pourtant je m'accrochais car l'improvisation théâtrale me passionnait et je savais que j'allais y trouver quelque chose de fort. Il m'a fallu six mois et une petite dizaine de spectacles pour être plus à l'aise sur scène. L'impro a été ma passion pendant sept ans et m'a libérée sur bien des points.

Je sens que cette nouvelle aventure en camion va aussi m'apporter de grandes libertés et me libérer de certains carcans.

Carnet de bord de Ramdam,
quelque part en France, 29 mars 2016

30.

Le deuxième jour de notre voyage, Philippe nous a rejoints, le temps d'une soirée, avec son camion.

> Philippe et moi nous sommes embrassés. Mon cœur battait, mais je ne le lui ai pas dit. Nous avons ri et ressenti des choses magiques. Puis nous avons ri encore. Au moment de nous dire au revoir, j'ai découvert un homme qui ose ressortir de son camion sous la pluie pour m'embrasser une dernière fois et avec qui je peux faire de même.
>
> Avec lui c'est fantaisiste et tellement joli à la fois. Ce sont aussi des conversations que j'adore, des valeurs partagées. Et une paix.
>
> Je ne lui dirai pas tout ça, pas tout de suite. Mais ce soir je m'endors dans mon camion et dans ma nouvelle vie, avec un homme dans mes pensées et dans mon cœur.
>
> *Carnet de bord de Ramdam,*
> *aux alentours de Brive, 28 mars 2016*

Avant que nous reprenions la route, Benoit me demande si je ne préfère pas mettre en suspens notre voyage quelques jours et les retrouver plus tard. Philippe et moi ne savons pas ce qu'il va advenir de ces premiers instants amoureux, mais nous savons une chose : j'ai une aventure à vivre maintenant et ni lui ni moi ne souhaitons l'empêcher. Même pas pour un nouveau battement de cœur qui semble si fort et réciproque. Il sait cela plus que personne d'autre, puisqu'il m'a donné le dernier élan qui m'était indispensable pour prendre mon envol.

Je repars donc avec mes deux acolytes. Dans un joyeux ramdam mêlant coups de Klaxon, signes de la main, baisers à la volée et quelques notes de musique, nos trois camions se suivent plusieurs minutes durant… jusqu'à ce que Philippe prenne la direction opposée à la nôtre. Lorsque son camion disparaît de nos rétroviseurs, Benoit stoppe le convoi, descend de son véhicule et s'avance vers moi. Avec un sourire mi-joyeux mi-triste, il me lance : « Ça va ? » Benoit a le don de libérer l'émotion au moment le plus juste. Je laisse échapper un sanglot et un éclat de rire en même temps. « Oui, ça va. — Elle est pas belle la vie ? » J'acquiesce. Nous pouvons continuer notre chemin.

31.

Chaque minute s'écoule « au présent », avec tant d'intensité que je ne saurais les retrouver exactement aujourd'hui. Quelques pages arrachées de mon journal de bord parleront mieux que moi.

Si vous le voulez bien, je vous propose d'embarquer avec moi dans Ramdam.

> J'entends les oiseaux et le frémissement des arbres dont les feuilles dansent sous la brise du matin. Je vois la rivière vivre sa vie à quelques centimètres de moi.
>
> C'est beau et apaisant.
>
> Hélène est venue m'apporter une tasse de thé au bord de l'eau pendant que j'écris une lettre à Philippe. Il fait froid, j'ai les doigts gelés mais je continue d'écrire.
>
> Tout à l'heure, je partirai en solitaire après une semaine de vie nomade avec mes compagnons.
>
> Quel que soit le temps, quel que soit le paysage, la route sera belle.
>
> Bien que parsemée de petits doutes et de petites larmes.
>
> Parce qu'elle sera mienne.

Le reflet de l'eau au pied des arbres est magique. C'est incroyable de penser que je suis en train de voir ce spectacle alors que je suis encore en pyjama.

Carnet de bord de Ramdam,
aux alentours de Toulouse, 1er avril 2016

Après avoir laissé Hélène et Benoit prendre un chemin différent du mien, j'ai continué à sillonner les toutes petites routes comme ils le font.

Pour vaincre le blues de la séparation, j'ai ouvert grand les yeux dans le cockpit de Ramdam.

J'ai vu des chèvres, des vaches, des poules, parfois même au milieu de la route.

J'ai vu des clochers d'église, des ciels incroyables, des soleils qui font verdir la campagne après la pluie.

J'ai vu des regards étonnés, des bouches bées, des automobilistes me cédant le passage tout en éclatant de rire ou en me souriant jusqu'aux oreilles.

Peut-être Ramdam et moi avons-nous un pouvoir comique quand on est ensemble.

Carnet de bord de Ramdam,
Village Emmaüs Lescar-Pau, 6 avril 2016

La nature vient parler à Ramdam tous les jours et surtout la nuit.

Elle lui souffle parfois de longues phrases qui l'ébranlent et le font vibrer.

Elle lui offre des concerts apaisants de plic-plic-ploc.

Elle lui glisse quelques mots givrés à l'oreille, et plus rarement quelques notes de chaleur.

Je suis spectatrice de tout cela, la nature tantôt m'effraie, tantôt me rassure.

Grâce à elle, je ne suis pas seule dans ce grand changement.

Elle est source d'une grande force et c'est en elle que je vais aller puiser.

Carnet de bord de Ramdam,
Pau, 7 avril 2016

Maintenant que je sais à quoi cela ressemble d'emprunter uniquement les départementales, je crois que j'aurai bien du mal à retourner un jour sur l'autoroute.

Le trajet a des airs de mon enfance, lorsque je laissais mon regard se perdre pendant des heures par la vitre arrière de la voiture. À ceci près que le temps n'a plus aucune importance. Je vois une file indienne de véhicules s'allonger dans mon rétroviseur pendant que Ramdam monte bravement les côtes en troisième. De grands virages, des paysages qui changent chaque fois que j'arrive au sommet d'une colline, des forêts, des prairies, des champs de tulipes, des maisons en vieilles pierres, des couleurs éclatantes. La nature vit et l'homme aussi, en harmonie avec elle.

Comme toujours, la route me donne de l'entrain, je chante à tue-tête au volant de Ramdam et voilà que j'aperçois un bar sur le bord de la route. Il est joli, la campagne autour aussi, et je sens qu'une belle rencontre se cache à l'intérieur. J'ai déjà dépassé le bar au moment où ces pensées me traversent l'esprit. J'hésite à faire demi-tour. Il faut dire que manœuvrer Ramdam, qui mesure 5,60 mètres de long, sur une route dont la largeur est bien inférieure (et sans direction assistée), c'est déjà une aventure. Tant pis, j'y vais !

Je ne sais pas si les trois hommes en face de moi sont étonnés de voir débarquer une Parisienne au volant d'un camion rouge en pleine campagne pour commander un chocolat chaud. Mais moi, je leur dis mon étonnement, car deux d'entre eux ont un accent anglais. Me voilà lancée dans une discussion avec Mike et Bob, deux beaux-frères venus d'Angleterre. J'apprends que Mike s'est installé ici avec sa femme parce qu'il avait envie de paix et de nature à perte de vue. « On ne s'en rend pas toujours bien compte, mais on est plus heureux avec peu de choses, car on revient à l'essentiel et on ne se crée pas de faux soucis. »

Nous discutons de nos vies, de nos points de vue, de photographie. Ils me donnent tous deux des conseils pour m'habituer à ma vie en camion, me transmettent plein d'énergie avec leurs mots encourageants et enthousiastes sur mon projet et ma démarche. À la fin, ils m'offrent le chocolat chaud avec simplicité, et Mike me dit : « Dis donc, ça marche ton projet, cette rencontre m'a rendu heureux pour la journée ! »

Je ressens la même chose de mon côté : Mike m'a gonflé le cœur, par son soutien et par la simplicité qu'il dégage.

Le bonheur fait ricochet.

Carnet de bord de Ramdam,
dans le Tarn, 9 avril 2016

L'homme qui m'a accueillie avec Ramdam parce que ses parents offrent un espace pour camper a tout partagé avec moi : son repas, son quotidien, son admiration pour ma démarche et pour les jeunes qui viennent s'installer à la campagne.

Mais il n'a eu de cesse de me demander pourquoi je n'essaierais pas plutôt d'avoir un mari, une maison et des enfants plutôt qu'un camion ambulant dans lequel la vie est rude et abîme les êtres ; de me draguer aussi, alors même que j'ai précisé que je n'étais pas disponible et, pire, de me proposer de passer la nuit dans mon camion pour me réchauffer, l'air de rien, et surtout l'air de rire.

Dans ma tête se sont enchaînées les questions : si j'étais un bon gaillard aux gros muscles et à la chemise à carreaux, aurais-je droit à ce genre de remarques ?

Et si ses blagues devenaient réalité, serais-je en danger ?

Carnet de bord de Ramdam,
dans le Tarn, 9 avril 2016

Un peu ébranlée par ma mésaventure de la veille, j'ai rejoint Hélène et Benoit pour me ressourcer auprès d'eux.

Au moment du coucher, je suis allée m'asseoir sur un banc dehors pour sentir la nuit, accompagnée d'un peu de musique.

J'ai pensé aux femmes et aux violences qui nous sont faites, quelle qu'en soit la forme. La domination, la brutalité, le viol, l'entrave à notre pleine liberté, si petite soit cette entrave.

Je me suis vue danser main dans la main avec toutes les femmes, comme dans une valse pour nous réconforter.

Carnet de bord de Ramdam,
dans le Tarn, 10 avril 2016

Mais que fait-elle ? se demandent-ils.
Elle se cherche, leur répond-elle.
Nul besoin de se presser,
Le temps n'est pas contre nous.
Le présent est là,
Il se suffit à lui-même.

La distance crée ce puits de ressources.

La solitude n'est pas
Tout est création.

L'être revit
Selon ses propres règles
L'ombre fait naître la lumière
Le vide, la richesse.

Carnet de bord de Ramdam,
dans le Tarn, 11 avril 2016

Quinze jours après que nous avons échangé notre premier baiser, Philippe vient me rendre visite pour un long week-end. Après les quelques heures de sommeil qui m'attendent, je quitterai mes compagnons pour le retrouver à la gare de Montpellier.

Je tenais à me faire belle pour notre deuxième rendez-vous amoureux, mais la douche de Ti'camion est en panne et il n'y a aucun camping alentour. Alors ce matin je me suis jetée dans l'eau du Tarn froid et plein de courants. J'y suis restée longtemps pour me laver de la tête aux pieds, m'efforçant tant bien que mal de ne pas laisser mon attirail de toilette s'échapper avec les flots.

« Tu dois vraiment bien l'aimer pour faire une chose pareille ! » m'a lancé Hélène. Quelques minutes plus tard pourtant, elle et son amoureux sautaient dans l'eau à leur tour.

J'aime ce lien à la nature. Il me fait rire. Je suis capable de franchir plein de barrières pour lui. Ce matin, c'était le froid, le courant et la nouveauté de la toilette en rivière. Demain, ce sera autre chose.

Ce soir les étoiles sont magnifiques. Un ciel sans nuages, sans pollution. Quel plaisir de dormir sous les étoiles exactement.

Carnet de bord de Ramdam,
dans le Tarn, 13 avril 2016

En route vers la gare, je me suis arrêtée pour cueillir des fleurs sur les collines des Cévennes. Du jaune, du bleu, de l'orange, du rouge, pour former un tout petit bouquet.

Retour à la ville : il me faut tourner pour trouver une place suffisamment grande, puis manœuvrer pour garer Ramdam.

Mon bouquet à la main, je descends sur le quai pour accueillir Philippe. Mais je ne connais pas le numéro de sa voiture et il y a un monde fou. Moi et mes petites fleurs sommes arrêtées au milieu de la cohue, sur la pointe des pieds, et le cherchons du regard. Tout s'agite autour. À l'horizon, point de Philippe.

Il a fui la foule et s'est déjà réfugié hors de la gare. Il nous aura fallu passer par les moyens modernes pour nous retrouver : le téléphone. Lorsque nous sommes enfin réunis, je m'en vais faire un saut aux toilettes. Une vieille dame croise Philippe seul avec le bouquet que je lui ai offert et l'avertit : « Monsieur, la demoiselle qui a le même bouquet de fleurs que vous, elle est à l'intérieur de la gare ! »

Voilà qui donne le ton de notre premier week-end : un peu de maladresse mêlée de romantisme et de jolies rencontres.

Carnet de bord de Ramdam,
dans le Tarn, 14 avril 2016

Le temps a passé depuis que j'ai reçu de mon grand-père ma première machine à écrire, à l'âge de huit ans, pour y taper mes poèmes d'enfant.

Dans une brocante où je suis allée dimanche avec Philippe, je suis tombée sur un modèle qui appartenait à un photographe passionné.

Cette machine a ravivé des souvenirs.

Il se trouve qu'elle est petite et parfaite pour Ramdam.

Hier soir, alors que Philippe était dans le train du retour, je me suis lancée dans l'écriture d'un poème. Les portes du camion étaient grandes ouvertes, j'étais dans un coin tranquille, mais j'imaginais le tableau que nous pourrions offrir, la machine, Ramdam et moi, au passant qui se serait trouvé là : le son lourd et chantant des touches, le camion qui s'ébranle à chacun de leurs mouvements, et moi qui utilise un seul doigt dans un monde où d'habitude on écrit si vite.

Carnet de bord de Ramdam,
dans les Cévennes, 19 avril 2016

C'est une journée paisible qui prend son temps puisqu'elle n'en a pas le choix. Il pleut. Pourquoi se risquer dehors dès le matin ? Je me suis installée à l'arrière de Ramdam, les pantoufles en l'air et les yeux dans la verdure, et pendant plusieurs heures j'ai patiemment et méticuleusement trié et téléchargé ma musique pour enfin avoir de quoi faire danser, sourire, vibrer et pleurer Ramdam quand nous sommes juste lui et moi. Quel bonheur ! C'est quelque chose que je n'avais pas pris le temps de faire depuis bien des années.

Ramdam est aussi là pour ça : réapprendre à prendre le temps. Lorsque j'ai commencé à imaginer voyager avec lui, j'ai vu ce lien nouveau avec ma solitude. Une solitude qui ne serait pas pesante mais paisible, pas effrayante mais créative. Je commence à l'entrevoir, à y goûter tout doucement.

La vie est surprenante parce que ce petit goût arrive au moment même où pour la première fois je me disais : « Mais qu'est-ce que je fais là ? Ai-je vraiment besoin de faire ça ? » Besoin, envie, qui sait quel est le moteur de l'instinct ? En tout cas il parle juste. Je ne sais toujours pas pourquoi il m'a menée sur ce chemin, mais je vois l'écriture toquer à ma porte avec plaisir. J'ai toujours cherché à ce qu'elle vienne me rendre visite régulièrement sans vraiment y arriver. Ici, je la vois venir à petits pas, elle se faufile doucement. « Reste, reste, ne pars pas. » J'espère qu'elle viendra de plus en plus souvent.

La pluie s'est arrêtée, alors je suis partie marcher dans Sauve, le village que j'ai découvert avec Philippe le week-end dernier. J'ai pensé à lui chaque fois que j'ai croisé quelque chose que nos yeux avaient vu ensemble, mais sous le soleil. J'ai pensé à lui encore quand j'ai vu l'annonce d'un concert et d'un atelier théâtre engagé, et puis un manifeste ici et un truc artistique là. J'ai pensé à lui.

Et puis j'ai marché, regardé, senti, croisé des gens. Je vois des commerces, nombreux, qu'on est en train d'ouvrir. Un bar, une petite boutique. J'aperçois les silhouettes à l'intérieur qui travaillent à construire, bricoler, décorer. Ça donne envie de faire comme eux.

C'est drôle : cette distance entre Philippe et moi, ces quelque huit cents kilomètres, me font parfois me sentir très proche de lui. Ce silence. Je vis une émotion et je sais qu'il la partagerait. Parfois c'est autre chose. C'est une découverte à propos de moi, de l'être humain, du monde, qui vient m'éclairer et m'aider à le comprendre mieux.

C'est drôle aussi ce paradoxe que crée le camion. Il me fait ressembler un peu à une camionneuse, il me fait faire de la mécanique, des gros muscles aux bras, des douches sommaires et parfois un peu de saleté sous les ongles. Mais à côté de cela, il me souffle un peu de philosophie, de sagesse et de poésie.

Carnet de bord de Ramdam,
Sauve, dans les Cévennes, 21 avril 2016

Il y a quelque chose à la fois d'incongru et d'agréable dans le fait de vivre aux yeux de tous.

Je me lave les pieds assise sur le marchepied du camion. Parfois des gens passent, je leur souris. Je fais la cuisine les portes grandes ouvertes, je vide mes eaux usées (qui ne contiennent que des produits écologiques) au pied des arbres.

Je ris, je chante, je me morfonds parfois, avec les rideaux ouverts sur le monde.

Ceux qui jettent un œil quand ils passent ne le savent pas, mais je suis en pleine gestation de quelque chose dont j'ignore le contenu et l'aboutissement : la suite de mon projet. C'est un peu comme si la préparation du spectacle devenait spectacle elle-même. Bien que ce soit un peu déroutant, j'aime assez cette idée.

Carnet de bord de Ramdam,
Logrian, dans les Cévennes, 23 avril 2016

Je pourrais travailler plus, élaborer des stratégies, faire des expérimentations. Mais je sais qu'est venu un autre temps, celui de me laisser complètement porter. Je sens que ce qui se joue est beaucoup plus important que le fait de me forcer à être dans l'action.

Je ne fais pas rien. Je rencontre des gens. Je vais à des événements. Je rends visite. Mais, la plupart du temps, je regarde juste autour de moi.

Ce soir, je suis allée à un concert à quelques kilomètres de là où je suis installée pour dormir. Sur le chemin du retour, une musique classique résonnait dans Ramdam. La route était éclairée de mes phares seulement. Une étoile brillait devant moi. Elle semblait me dire quelque chose. De la suivre, tout simplement, sans me poser de questions, sans douter ou plutôt sans chercher à comprendre. De quoi sera fait demain. De quoi je vivrai. Comment je survivrai.

Une part de moi m'invite à embrasser le présent et à faire confiance.

J'assiste à la naissance d'un être ? Je suis, j'ai toujours été. Mais j'ai la sensation de devenir moi plus que jamais. Qui aurait cru que mon être ressemblerait à cela ?

Avec Philippe également je veux lâcher prise. Où cela nous mène, si nos différences sont importantes. Peu importe, nous verrons bien.

Carnet de bord de Ramdam,
Logrian, dans les Cévennes, 24 avril 2016

32.

C'est la première fois de ma vie que je décide de n'avoir rien à quoi me raccrocher et d'apprendre à le vivre bien, en puisant au fond de moi. Trouver une stabilité et prendre racine.

Lorsque j'étais à Paris, j'avais toujours plein de projets qui me faisaient vivre à cent à l'heure et m'empêchaient de me confronter au vide. Au moment de tout lâcher pour trouver ma voie, il y a un an, je savais qu'il fallait que j'aie quelque chose à réaliser, même si je me lançais sans plan ni idée préconçue. « Rendre les gens heureux », c'était ma mission, mon projet, mon bâton de pèlerin. Je ne pouvais pas tomber, il serait là et, si d'aventure cela arrivait, je me relèverais grâce à lui. Cela faisait sens car cette mission m'anime depuis toujours.

Mais moi dans l'histoire ?

Au tout début de l'aventure, une femme que j'avais abordée dans la rue m'avait renvoyé la question et demandé ce qui me rendait heureuse. Je m'étais trouvée démunie. J'avais parlé de ce que je faisais pour les autres, qui m'apportait de la joie, mais je n'avais pas parlé de moi.

Nous y sommes donc. Je n'ai plus d'objectif ni de pression. Je vis, me découvre et me redécouvre. Il se trouve que chaque chose qui vient nourrir mon bonheur en ce moment d'intériorité fait écho à des sensations que j'ai déjà connues, enfant.

À l'époque tout était déjà là. Je suis simplement en train de le retrouver.

33.

Je suis seule pour me découvrir, mais je ne suis pas seule lorsque ça ne va pas. Je peux compter sur Benoit, Hélène et sur mes amis chers qui prennent des nouvelles régulièrement. Ainsi que sur Philippe, le premier homme à entendre mon besoin de liberté, à l'aimer et à le nourrir sans le craindre.

Certains ne comprennent pas. Comment pouvons-nous vivre si loin l'un de l'autre ? C'est que, probablement, nous ne nous aimons pas assez. Ou bien ça n'est qu'une amourette de passage, c'est le début, rien n'est sûr. Ou encore, peut-être sommes-nous libertins, après tout.

Nous n'obéissons pas à ce que la norme du couple nous enjoint de vivre. *Loin des yeux, loin du cœur*, dit-on bien. Mais cela ne nous parle pas. Nous faisons nôtre cette maxime : *L'amour ne se trouve que dans la liberté, et ce n'est qu'en elle qu'il y a de la récréation et de l'amusement éternel.* Si c'est Kierkegaard qui le dit !… Nous sommes comme des enfants dans une cour de récréation géante, la maturité en plus. Et certains pensent que ce n'est pas sérieux.

Je me fiche de ce que l'on peut bien dire. En réalité, nous nous aimons suffisamment fort pour que notre présent et notre être à chacun puissent se réaliser sans que nous nous sentions en danger. De son côté, lui aussi vit des choses importantes. Le soir venu, je m'installe dans la cabine de Ramdam ou dehors sous les étoiles et nous nous racontons tout. C'est comme si nous vivions deux vies passionnantes à la fois.

Lorsque je partage mes doutes, Philippe me rappelle combien je suis sur un chemin difficile et courageux et la révolution intérieure que je mène. Il me souffle la confiance qui de temps à autre me manque, il m'invite à voir que ce que je fais est juste.

Que disent les autres de cette aventure intérieure ? Ceux qui m'aiment s'inquiètent, pour certains : et mon avenir, et ma sécurité ? Je dérange aussi probablement, moi qui par mon mode de vie désobéis à la société tout entière. Où sont ma maison, mon travail et mon amoureux ?

Par chance, ceux qui ne voient pas vraiment où cela peut me mener se font plus silencieux. Peut-être parce que j'ai arrêté de les écouter. Il y a les inconnus rencontrés çà et là, mais aussi les proches, dont la plus importante de tous, ma mère. Elle m'a grandement surprise en participant à la cagnotte de Ramdam avec une immense générosité. Il m'a semblé qu'elle avait toujours un peu de mal à comprendre ma démarche, mais par ce geste elle m'a témoigné sa confiance. C'est un énorme pas. Elle a même avoué qu'il était beau, ce camion, et qu'il avait effectivement quelque chose de spécial. Peut-être qu'il pourrait faire fureur ! Je deviendrais connue et alors tout prendrait sens.

J'aurais la reconnaissance éternelle pour toutes les bêtises auxquelles je m'adonne.

Depuis que j'ai pris la route, je n'ai pas beaucoup de nouvelles d'elle, mais j'apprends par mes tantes qu'elle se fait parfois du souci. C'est un peu comme si elle préférait ne pas savoir exactement ce que je vis pour ne pas trop se projeter ni se faire un sang d'encre. Un matin, cependant, elle m'appelle : « Je viens enfin de lire le récit de tes aventures en camion, sur Internet. C'est vrai que tu écris bien. J'ai fait du rangement ces jours-ci et j'ai retrouvé par hasard tes poèmes d'enfant. C'était bien aussi. Je me suis dit que c'était dommage. »

Dommage que quoi ? Que je n'aie pas poursuivi mon rêve d'écrire ? Que la société et la famille ne m'aient pas encouragée dans cette voie ? Que ce genre d'activité ne soit pas vraiment valorisé ?

Peu importe car je n'ai aucun regret. Nous avons tous nos chemins de vie et chaque chose y a sa place. Même les erreurs. Même les blessures. Si mon histoire n'avait pas été celle-là, il n'est pas sûr que je serais aujourd'hui sur cette route.

Je garde l'essentiel de cette conversation : le plaisir d'entendre, entre les lignes, ma mère reconnaître mon travail. Je constate alors à quel point se mettre en marche selon ses propres envies et impulsions contribue à ce que le reste suive. Je n'ai pas attendu son approbation pour donner de la place à ce qui résonne au fond de moi. Mais pas à pas, nos cœurs se rejoignent. Un peu. Même si c'est avec des hauts et des bas. L'amour est là et permet de surmonter les différences.

Ce qui m'aide à lui « désobéir » tout en continuant à garder le lien, ce sont ses amies, et les mamans de mes amies. Elles me soutiennent grandement et me disent leur admiration, mais toutes ajoutent : « C'est facile pour moi parce que tu n'es pas ma fille. Je comprends aussi ta mère. Si ma fille me faisait un coup pareil, je serais morte d'inquiétude ! » Je reste également en contact avec l'univers familial grâce aux membres de ma famille qui, bien qu'ils aient une vie très différente de la mienne, ressentent l'inspiration qui m'anime et me transmettent, en cachette parfois, leurs encouragements.

Du fin fond de mon petit camion rouge, je me demande quels sont les rêves qui habitent tout un chacun, et ce qu'il serait possible d'en faire si ce que les autres pensent, disent ou nous enjoignent de faire n'avait aucune importance. Car je le vois bien au travers de ce voyage : nos rêves profonds restent intacts. L'avis des autres, lui, change.

34.

Je n'ai pas la même routine que la plupart des gens mais cela ne m'empêche pas d'en avoir une. Peu à peu, mon quotidien se façonne. Chaque matin, je me réveille et commence par ranger. Ici point de laisser-aller, l'espace est trop petit ! Je replie avec soin ma tonne de couvertures, vide mes eaux usées, nettoie mes seau et bidon et mets de l'eau à chauffer : une partie servira à me faire un thé et l'autre ira dans la bassine que j'utilise pour me laver au quotidien, après le petit déjeuner.

Avec mon amie pragmatique et qui pense à tout, Lucile, toujours la même, nous avions conçu des toilettes d'appoint avant mon départ. Nous étions dans une petite droguerie où nous nous sommes mises à nous asseoir sur des seaux pour savoir si c'était confortable et assez résistant. Nous avions beau nous être cachées dans un coin, le vendeur nous avait vues. Au lieu de se moquer, il nous avait lancé : « Ça ne tiendra jamais, je vais aller demander au peintre qui refait le bâtiment à côté de vous donner un seau, ils sont bien résistants. » Quelques minutes plus tard, il était revenu victorieux, puis il m'avait expliqué comment glisser le petit seau dans le grand pour assurer à la fois confort et tenue d'utilisation. Nous avions en face de nous un vendeur expert et dévoué ! Il se trouve que lui aussi avait pris la route par le passé. Visiblement, je lui rappelais de bons souvenirs.

Pour faire ma toilette, j'avais trouvé inconfortable de poser une petite bassine par terre ; aussi, en chemin, j'en avais acheté une bien plus grande, que j'installais sur le seau de peinture, puis hop, je me mettais à califourchon dessus. Avant d'opérer ainsi, j'avais dû faire de multiples recherches sur Internet, cherchant l'expression juste. J'avais besoin de trouver des images précises car je ne voyais pas vraiment comment faire.

Maintenant, je suis rodée et découvre le bonheur de prendre soin de moi avec si peu, de me sentir fraîche et propre sans accès à une douche. Tous les cinq-six jours, c'est le grand luxe, je dispose d'une vraie salle d'eau, dans un camping ou grâce à des gens qui me proposent gentiment la leur. J'apprends à me laver moins souvent les cheveux. Au début, c'est un peu dur, j'enfile mon bonnet ou ma casquette quand je ne suis plus présentable. Et puis, au fur et à mesure, mes cheveux regraissent moins vite. Pour moi qui me bats depuis des années avec ce problème, c'est une victoire !

> Je viens d'éclater de rire car j'étais en train de me demander à quoi je ressemble, si ma coupe de cheveux est toujours jolie ou pas.
>
> Eh bien je n'en ai aucune idée, puisqu'il n'y a pas de miroir ici ! Je suis dans mon lit et, dans une étincelle d'espoir, j'ai tiré le rideau en tissu pour essayer de me regarder dans le film aluminium des rideaux

isolants. Forcément, ça n'a pas marché, je n'ai vu que quelques vagues formes et couleurs.

Les repères sont chamboulés jusque dans les petits gestes. Cela change beaucoup de choses de ne pas se regarder tous les jours dans une glace. Je deviens moins attachée à mon image sans pour autant me négliger.

Paradoxalement, je me sens plus belle.

Carnet de bord de Ramdam,
un jour, quelque part

Chaque jour, je regarde la météo. En camion, on sait quel temps il fait, on entend et ressent tout. Mais, si on peut le savoir un peu à l'avance, ce n'est pas du luxe. Les tempêtes, la pluie, les coups de froid, je guette le moindre signe annonciateur et mets le cap vers un peu plus de soleil et de chaleur. C'est drôle tout de même, quand je vivais en appartement, j'étais plutôt frileuse. Dans Ramdam il fait beaucoup plus froid, mais parce que cela me paraît normal, je m'y suis presque habituée et, si j'arrive à atteindre dix degrés la nuit, je suis aux anges.

Le midi, je me cuisine de bonnes choses. Avant de m'atteler à la préparation d'un plat, je sors tout ce qui me sera nécessaire car l'espace est petit, les rangements pas toujours pratiques et, de surcroît, je suis maladroite. Lorsque c'est jour de marché, je fais le plein de légumes et de fruits frais cultivés aux alentours. Régulièrement, je m'achète des fromages locaux, en petites quantités pour qu'ils ne tournent pas. Pas de viande, car pas de Frigidaire. De temps en temps, tout de même, je craque pour un bon saucisson.

Dans ce nouvel « espace cuisine », je stocke moins qu'à la ville, mais j'ai gardé intacte ma gourmandise. Je dirais même qu'elle s'est affinée. Je découvre le vrai goût des choses. À Berlin, j'avais appris la théorie ; ici, à la campagne, j'ai une belle mise en pratique. Sur les petits marchés, on ne trouve quasiment que des légumes de saison. J'apprends que chez mère Nature, il n'y a pas de tomates en hiver et découvre la joie de commencer à les déguster lorsque l'été pointe le bout de son nez. À l'instant où je croque dans ma première tomate, j'ai une prise de conscience : je n'avais jamais mangé de tomate auparavant ! Il faut goûter aux vrais fruits, aux vrais légumes pour le comprendre, ceux que l'on trouve dans le jardin des gens ou dans de petites cultures respectueuses de la nature. Je me délecte.

J'ai réussi à réduire un peu ma consommation d'eau. Pour le lavage de dents, un verre suffit : j'y trempe ma brosse à dents avant de commencer et me rince la bouche avec en fin de course. Pour nettoyer mon seau, je recycle les eaux de vaisselle. Par-ci, par-là, plein de petites économies se font. C'est donc tous les deux jours que je m'en vais maintenant faire le plein dans des cimetières : chaque village en est pourvu, et on y trouve toujours de l'eau. C'est un drôle d'endroit pour aller chercher ce qu'il y a de plus essentiel à la vie. J'ai conscience du décalage entre les habitants du lieu et moi-même. Aussi, il m'arrive de leur parler. C'est nouveau pour moi de côtoyer régulièrement la mort. Je croise également des personnes qui viennent rendre visite à leur famille ou à leurs amis disparus. J'offre toujours un sourire. Avant, parce que j'avais des problèmes de dos, je faisais attention de ne pas porter de charges lourdes. Maintenant, je n'ai plus le choix, ma séance de gymnastique m'attend : il s'agit de porter deux bidons de treize kilos si je ne veux pas mourir de soif ! Je sens mes bras se muscler de jour en jour.

Chaque matin, je dois me demander : « Où vais-je dormir ce soir ? » Lorsque je suis avec Philippe, cette question est un vrai bonheur. Nous interrogeons la carte, nos envies du jour, nos souvenirs des conseils que l'on nous a donnés sur les coins à voir, et l'application qu'Hélène et Benoit m'ont fait connaître. J'aime dénicher des lieux complètement sauvages où nous serons entourés de beauté et de paix, et parfois de quelques aventuriers comme nous. Nous aimons aussi parcourir des kilomètres en lacets. Parfois, nous avons quelques surprises : le lieu se trouve être plein de camions, ou moins beau, moins propre ou encore moins pratique que ce que nous avions espéré. Il nous arrive de nous munir d'un sac en papier et d'un gant et de nettoyer l'endroit. D'autres fois, nous nous remettons en route. C'est donc bien avant la nuit que nous devons nous atteler à chercher notre nid douillet du soir, car il n'est pas exclu que cette quête prenne plus de temps que prévu.

Lorsque je suis toute seule, je ne vis pas les mêmes aventures. J'aime les lieux accueillants et peuplés. Au départ, j'avais pensé rencontrer les lecteurs du projet et dormir dans leur jardin. Mais je n'avais pas anticipé la générosité : on me propose un lit, des repas mijotés et tout un tas de bonnes choses qui finalement me font baigner dans trop de confort, mais aussi de contraintes. J'ai goûté à la liberté et à la nature les premiers jours du voyage, je ne peux déjà plus m'en passer. Alors je dors souvent dans des espaces publics. J'ai mon indépendance et le plaisir d'avoir des voisins, qu'ils soient en maison, en camion ou en camping-car. Je m'assure de ne déranger personne pour ne pas être mal vue ni chassée. Les parkings de tout petits villages se révèlent être une bonne solution, à condition qu'ils soient proches de la verdure, pour que je puisse vider mes eaux usées et avoir les pieds dans l'herbe.

Trouver des lieux qui réunissent toutes ces conditions n'est pas chose aisée, mais j'y parviens lorsque je ne force rien. Avant de nous quitter, Philippe et moi tombons sur des coups de cœur au gré de nos pérégrinations. Après l'avoir déposé à la gare, je retourne sur mes pas et m'installe là quelque temps. Il arrive aussi que ce soit Ramdam qui choisisse bien plus que moi. Je suis au volant, mais j'ai la sensation de le suivre. Parfois un paysage retient notre attention, d'autres fois une petite route qui a du charme, un village qui interpelle ou encore une personne qui s'étonne de nous voir là. Tout cela est prétexte à jeter l'ancre alors que j'avais décidé d'une autre destination.

Je ne suis pas une ermite ; aussi, dans cette vie nomade, je me lie à ceux qui m'entourent. Je fais des rencontres inattendues. Dans une brocante, Claude, un photographe à qui j'achète ma machine à écrire, m'ouvre la porte de son atelier. C'est un artiste sensible et aventurier qui offre son soutien aux jeunes. J'y découvre son travail, ses élèves passionnés, ses stages faits de voyages en camion, et un refuge lorsque j'ai besoin de stabilité. Claude me parle du monsieur en face de chez qui j'ai installé mon camion : il s'appelle Maurice, et deviendra à son tour un ami et un de mes plus précieux soutiens.

Maurice est conteur, mais pas seulement. Il est aussi rénovateur de sa propre maison, cultivateur de son jardin, déclencheur de sourires, papa épanoui, ancien éducateur spécialisé, musicien, poète, organisateur de festivals et metteur en scène de spectacles dans lesquels jouent des enfants qui ne savent pas encore lire et écrire. Il cultive ses talents, ses rêves et son bonheur, et fait mon admiration.

Par-dessus tout, il me porte une grande attention. Il comprend mes doutes et mes moments de solitude. Il m'épaule et me rassure.

« Tu ne sais pas où tu vas mais ne t'inquiète pas, tu finiras par le savoir. Tu es sur ton chemin. »

« Tu n'es pas perdue ni en train de ne rien faire. Mille choses se passent en toi, elles sortiront en temps voulu. »

« Tu es… en pleine maturation ! »

Maurice me nourrit aussi en émotions. Il vient tantôt répandre quelques notes d'accordéon dans mon camion, tantôt partager ses lignes poétiques. Il écrira même un texte sur Ramdam et moi au moment de notre départ. Grâce à lui, je laisse ce que je ressens s'exprimer au travers des touches de ma machine à écrire. Je me sens faire partie d'un monde nouveau, où l'art est humilité et partage.

Loin des inquiétudes de mes proches, je tombe sans cesse sur des gens qui s'ouvrent à ma démarche, y trouvent un sourire et parfois même de l'inspiration. En retour, ils me donnent beaucoup plus qu'ils ne l'imaginent, je me nourris de leurs différents horizons. Ce sont eux qui m'aident à continuer. Ensemble, nous ravivons nos élans intérieurs.

Je ne suis jamais dans le besoin. C'est parce que je n'avais plus d'essence pour avancer que j'ai découvert le bien-être de rester à quai quelque temps. Si je suis malade, je vois Maurice débarquer avec un plat qu'il m'a mijoté ou un grog pour me soigner. Je repense aux moments, nombreux, où j'ai été mal en point sans pouvoir être aidée, perchée dans ma tour parisienne au sixième étage sans ascenseur. Cela fait du bien de voir la proximité que crée Ramdam. « Si tu avais logé dans une auberge de jeunesse ou un gîte rural, jamais nous n'aurions noué cette amitié, me dit Maurice. C'est ta démarche qui a attiré mon attention. » Lorsque je passe non loin de petites dames qui cultivent un jardin, je vois mes placards se remplir de fruits, de légumes et de confitures sans que j'aie rien demandé et que rien ne soit attendu en contrepartie.

Dans les médias et sur les réseaux sociaux il est souvent question de ce monde qui va mal, de ces gens en qui l'on ne peut plus avoir confiance et qui se font les pires horreurs les uns aux autres. De mon petit habitat nomade, c'est tout le contraire que je constate. Je baigne dans la confiance et dans l'échange, dans l'acceptation des différences et la recherche de ce qui nous unit.

35.

Au fil des routes, je traverse aussi des villages fantômes. Volets fermés, usines désaffectées, commerces en faillite, centres-villes vides. Au gré des rencontres, j'apprends qu'il n'y a pas si longtemps ces villages vivaient encore, mais que leur cœur s'est arrêté de battre. Les délocalisations et les ouvertures de grandes surfaces ont eu raison de ce qui faisait la fierté des habitants et amenait de la vie en centre-ville : les usines et les petits commerces dédiés à l'alimentation, au bricolage, à l'artisanat, au loisir, au livre… C'est chaque fois une part du savoir-faire français qui s'en va, et des commerçants indépendants ou des centaines d'ouvriers qui se retrouvent sur le carreau. On n'imagine pas ce que c'est que de retrouver un travail par la suite. Seul le vide subsiste.

Lorsque j'en discute avec les gens d'ici, tout se passe comme s'il n'y avait pas le choix. C'est ainsi. Et c'est pour cela que la plupart de « nos jeunes » doivent s'en aller à la ville. Rien de si étonnant, c'est ce que j'ai appris à l'école, mais pour la première fois je le vois de mes yeux. Je vois la tristesse de ce désert. Je vois aussi l'incohérence : à Paris et dans les grandes villes nous nous battons pour avoir des logements, tous plus petits les uns que les autres, et un petit carré d'espace vert. Dans le même temps, des réfugiés meurent à notre porte sous prétexte que « chez nous il y a déjà bien assez de monde ». Ici, il y a un vide à combler et des milliers de logements spacieux entourés d'une nature généreuse. Mais, voyez-vous, « il n'y a plus d'boulot ! ».

Ma colère monte face à cette désolation qui tient à si peu de chose. On délocalise pour augmenter un peu la marge. Le chiffre d'affaires va bien, très bien même, pour ces entreprises-là. La croissance aussi. Ces villages désolés et ces existences détruites permettent simplement d'offrir un peu plus de profit aux actionnaires. Ce ne sont pas les entrepreneurs qui sont en cause, ce ne sont pas, la plupart du temps, les patrons, c'est une poignée de gens seulement, ceux qui possèdent le plus d'argent au monde, mais qui veulent encore et toujours… plus. La folie des grandeurs justifie tout.

Tout cela est bien loin des préoccupations des citadins, et cette détresse passe presque inaperçue. Heureusement, parmi ceux qui œuvrent dans l'ombre, il n'y a pas uniquement ceux qui détruisent, il y a aussi ceux qui s'appliquent à reconstruire. Quand je gare mon camion et que j'arpente les rues à pied, la réalité se transforme. Je croise sur les murs en vieilles pierres des petites affiches annonçant une projection de film par-ci, un atelier de jardinage par-là, une réunion citoyenne, un stage de théâtre, un concert, une expo, et même du slam. Je m'étonne. Les fantômes ont une vie sociale si chargée ?

Au milieu des rues désertes qui affichent pourtant la promesse de tant d'animation, j'aperçois un jeune homme avec sa cigarette. Il me paraît bien vivant. J'ose l'aborder et même lui demander ce qu'il fait là, lui qui est fait de chair et d'os. J'apprends qu'il vient de la ville. Avec sa femme, il s'est installé ici. La cohue urbaine et le fait de se battre pour un niveau de vie médiocre, ils s'en sont lassés et sont partis à la recherche d'autre chose. Ils sont tous deux musiciens. Des amis qui les ont rejoints se sont mis, eux, à travailler la terre, à petite échelle, en bio. « Il faut venir au bal, me dit-il, et puis aussi aux réunions citoyennes. Il y a plein de monde ! » Ah bon ! Ah, d'accord…

Lorsque j'habitais en ville, j'entendais dire : « En voilà une sympathique idée de se mettre au vert, mais malheureusement il n'y a pas grand-chose à faire là-bas, alors qu'ici il y a tout. » Mais que se passe-t-il ? On m'aurait donc menti ? Au fur et à mesure des rencontres, je commence à comprendre. Tous ces gens qui avaient envie de s'installer à la campagne, de retrouver leurs racines pour certains, de vivre mieux pour d'autres, de donner plus de sens à leur travail et d'être plus en contact avec la nature, plutôt que de se dire que malheureusement il n'y aurait pas grand-chose à faire, tous ceux-là ont sauté le pas et se sont ensuite retroussé les manches pour qu'il y ait du mouvement. Évidemment, il n'y a pas qu'eux, il y a aussi des natifs d'ici, une poignée d'artistes, d'idéalistes, de travailleurs sociaux, de jeunes et de retraités qui mettent en place de jolies choses. Les énergies s'allient. Jamais je n'aurais cru qu'une vie si animée puisse exister en pleine campagne. Parfois j'entends : « C'est probablement exceptionnel ce que l'on vit ici. » Mais partout où je passe, je découvre des énergies semblables dans des recoins cachés. Pour peu que l'on se donne les moyens de chercher, de pousser la curiosité jusqu'à franchir la porte d'un atelier ou d'un événement, on n'est pas déçu du voyage. Effectivement, il y a du monde avec qui partager, échanger et ouvrir de nouveaux horizons.

La question qui m'habite au milieu de tout ce joyeux bazar culturel et campagnard, c'est celle du mélange des genres. J'ose demander :

« Avez-vous beaucoup de gens du coin qui se mêlent à vos activités ?

— Malheureusement non. Pourtant, ça n'est pas faute d'en avoir envie et d'avoir essayé. Mais cela ne les intéresse pas, ou cela leur fait peur. Ils nous voient comme des extraterrestres. »

Il faut dire que tant de changement et de diversité dans des lieux où la tradition règne, ce n'est pas évident. Et puis, il y a l'influence de la télévision. J'aurai l'occasion de le constater au cours de conversations avec des gens d'ici :

« C'est compliqué aujourd'hui d'ouvrir sa porte à la nouveauté, de faire confiance à ceux qu'on ne connaît pas. Il y a des déconvenues.

— C'est-à-dire ? Tu as des amis, des voisins, à qui il est arrivé quelque chose ?

— Non, mais à la télévision, on voit tant de choses horribles. »

La messe est dite.

Et pourtant, loin de m'amener à la résignation, ce constat ravive mes idéaux et fait naître en moi une lueur d'espoir : et si nous pouvions amener ces deux mondes, qui recèlent tant de trésors, à s'entendre ? L'un, porteur d'une tradition, d'un savoir et d'une solidarité sans pareils, a vécu en accord avec la nature, en toute simplicité, cultivant des habitudes et des gestes quotidiens dont les citadins n'ont aucune idée. L'autre, fort de cœurs vaillants, résistant à la morosité et à la souffrance, porte l'espoir d'un monde meilleur.

Ensemble, ils feraient des merveilles, c'est sûr.

36.

L'été arrive, le froid se fait silencieux. Je peux maintenant dormir uniquement avec mon duvet et parfois même connaître le luxe d'avoir trop chaud. Mais cette saison sera longtemps pluvieuse et orageuse. Autour de moi, tout le monde attend le soleil pour pouvoir enfin se balader plus léger et profiter du beau temps, c'est frustrant. De mon côté, la vie semble brusquement se mettre en pause. Il y a parfois des journées entières où je ne peux pas sortir de mes quelques mètres carrés.

> Il pleut des cordes au-dehors du camion.
>
> Ce qui fait de cet espace un lieu si propice à l'écriture, ce n'est pas sa taille. C'est son absence d'électricité. Pas d'ordinateur pour s'échapper d'un face-à-face avec soi-même.
>
> C'est aussi son mode de vie en itinérance. Pas d'amis à proximité pour s'échapper d'un face-à-face avec soi-même.
>
> Soi-même, et ce qu'il y a à l'intérieur, venu d'on ne sait où.
>
> Ce qui fait de cet espace un lieu propice à la poésie, ce n'est pas soi, c'est ce qu'il y a autour. Cette

nature qui nous dépasse, nous enveloppe et nous émerveille.

Qui vient s'imprimer sur les paysages, les visages et les sons, et glisser ensuite sur la feuille de papier.

Carnet de bord de Ramdam,
Nort-sur-Erdre, 16 juin 2016

Le soir venu, l'orage se déclenche. Je l'entends gronder derrière la fine couche de tôle qui me sépare de lui. J'entends aussi des pluies torrentielles, parfois violentes, s'abattre sur la carrosserie de Ramdam. Si la journée je parviens à prendre mon parti de la situation, la nuit, c'est plus dur.

La sécurité et la paix d'un toit me manquent. Pour la première fois, Ramdam n'est plus un élément de ma liberté, il me pèse.

Je voudrais la tranquillité et la stabilité d'un endroit pour écrire. Je ne trouve pas le village comme celui où j'étais bien et j'avais le plus formidable des voisins, Maurice.

Philippe me manque aussi.

Carnet de bord de Ramdam,
Nort-sur-Erdre, 24 juin 2016

Il m'arrive même de penser à rentrer. Mais pour faire quoi ? Je pourrais me blottir contre Philippe et y trouver la sécurité que je recherche, mais qu'adviendrait-il de ma liberté ? Je n'ai plus aucune envie de vivre à Paris. Je ne sais toujours pas où mes pas me mènent, mais j'ai définitivement quitté cette vie d'avant.

Grâce à Benoit et Hélène, je rencontre Anne, qui habite dans le sud de la Bretagne où je suis actuellement. Après quelques heures passées ensemble, nous comprenons que nous avons beaucoup de choses en commun et des milliers de discussions à partager. Gentiment, Anne m'offre un refuge au chaud pour les jours à venir, le temps que l'orage passe.

C'est une « aventurière ». Elle a parcouru nombre de kilomètres avec son sac à dos dans des pays lointains, a rencontré des gens dont on ignore tout ici, en Occident, et a dormi seule sur des îles désertes au milieu d'une nature complètement sauvage. J'admire son courage de se lancer corps et âme dans des voyages en terres inconnues. Il me semble que je serais incapable de faire ça. Chacune ses perceptions car, pour elle, c'est le camion qui paraît osé. Je souris de nos différences. Et de ce qui nous unit : cet élan de liberté et cet amour de la nature, qui nous dépassent.

Toutes les deux, nous écrivons. Anne est auteure de guides de voyage et, au moment où nous faisons connaissance, un recueil d'interviews qu'elle a menées auprès de voyageurs vient de paraître. Mais Anne n'a pas encore écrit sur ses explorations à elle. Pourtant, elle en a, des découvertes à partager ! Quant à moi, je rédige de courts billets sur Internet, mais je n'ai jamais sauté le pas d'écrire quelque chose de long, sur papier, alors que j'en ai fait le vœu maintes fois. Nous partageons la difficulté de vivre seules notre liberté, et celle – encore plus grande – d'oser transmettre par l'écriture ce que nous ressentons et apprenons en chemin.

Au hasard d'un détour, sur un quai où sont amarrés des bateaux à voile, nous rencontrons une jeune femme de notre âge qui vit sur un bateau qu'elle retape de ses mains. Elle aussi écrit. Elle fait des études de sociologie à distance et son mémoire a porté sur les femmes navigantes. Ensemble, nous parlons des différences d'éducation entre filles et garçons, de la petite minorité de femmes qui sont encouragées à prendre le large d'une vie routinière et de la timidité à se raconter ensuite. Comme si ce que nous avons à dire ne méritait pas d'être dit. Dans le secret de cette rencontre féminine et féministe fortuite, nous nous transmettons un souffle de confiance et d'encouragement. Un jour, peut-être, nous nous reverrons toutes les trois et partagerons des récits et des poésies, parce que nous aurons osé prendre la plume ailleurs que dans le secret.

Alors que je ne leur ai rien dit de tout cela, ceux qui me lisent sur Internet et quelques amis m'encouragent à écrire un livre pour raconter plus en détail ce que je vis. Tout comme ces deux femmes aventurières, ils m'aident à trouver la confiance nécessaire. Quelques jours plus tard, j'ouvre la première page d'un cahier neuf et commence l'écriture de mon histoire : un an et demi de changement à grande vitesse.

Combien de fois dans ma vie ai-je écrit des débuts d'histoire ? Je ne les compte plus. Aujourd'hui ne fait pas exception. J'écris, je rature et recommence. Rien ne me convient. Mais je ne désespère pas. Je le sais, le temps est venu de m'atteler à ce travail de longue haleine. Il était jusqu'ici en maturation, sans que j'en aie bien conscience. Maintenant, il demande à sortir : mon premier livre.

37.

Sur ma route, je croise à nouveau Hélène et Benoit, cette fois par hasard. Ils viennent en Bretagne pour fêter les vingt-cinq ans du Poète Ferrailleur. Un poète ferrailleur, mais qu'est-ce donc ? C'est un homme qui a, collé à la peau, le vœu d'être lui, de trouver sa place et de l'accomplir pleinement. Et qui, à force de volonté et d'élan intérieur, y parvient. Tout comme Maurice, Robert est une des rencontres les plus importantes que j'aie faites en chemin.

Dans un petit village caché dans les terres du Morbihan, nous gagnons le musée du Poète Ferrailleur et y pénétrons tous les trois. Il n'y a pas grand monde, alors j'ai tout loisir de m'y promener à mon rythme. Très vite, je me retrouve seule, au milieu de la vie et de la poésie de Robert. Je m'attarde devant chaque machine en ferraille qu'il a fabriquée, un concentré d'ingéniosité, de rêve et de romantisme. Ça bouge, ça tourne, ça vole, ça se met en branle, parfois avec une maladresse attendrissante, d'autres fois avec une légèreté et une grâce incroyables. C'est imaginaire et réel à la fois. Ces créations sont accompagnées d'un petit mot. Je lis avec attention ces lignes porteuses d'espoir.

Nous
ne changerons le monde
qu'en évoluant nous-mêmes
et ce n'est pas à force de force,
de pression et de tiraillement.
C'est en patience de source,
en traversée de bourbes qui nous étouffent,
en invention de musique à partir de nos outils de guerre.

Texte de Robert Coudray, le Poète Ferrailleur

Dans le jardin du musée se dressent aussi des constructions. Chacune a sa fantaisie. Ensemble, elles vous emmènent dans un univers farfelu et féerique où l'on vous chuchote à l'oreille que tout est possible.

Pendant des années, Robert a cherché sa voie, luttant contre le formatage de la société, tentant de s'en extraire. Puis, un jour, il s'est rappelé ce qu'il aimait faire enfant. Tandis que les autres couraient derrière un ballon, lui passait son temps à assembler des pierres et des bouts de fer. Il s'est alors rendu à la déchèterie du coin, a ramassé quelques ferrailles et s'est attelé à retrouver ce plaisir d'alors.

Lorsqu'il a eu fini, il avait devant lui une machine incroyable que quelqu'un s'est empressé d'acheter. Quelque chose était en train de se dessiner, Robert pouvait espérer faire de ses rêves un métier. Pourtant, cela n'a pas résonné en lui. Ce qu'il voulait, c'était voir les yeux émerveillés des gens, laisser ses œuvres accessibles à tout le monde et distiller ainsi l'espoir en chacun de nous. Vingt-cinq ans après, le musée fait rêver vingt-cinq mille visiteurs chaque année, dans un coin d'herbe perdu.

Il ne parlera
pas plus fort
que la sève
qui monte dans les arbres,
pas plus
que le murmure de la source,
pas plus que nos intuitions
qui soufflent
de notre être
pour nous montrer la voie.

Texte de Robert Coudray, le Poète Ferrailleur

Je ne parviens pas à parcourir la totalité du musée de Robert au cours de cette seule visite tant ce que je vis est fort. C'est comme si quelqu'un s'était glissé dans mon esprit, avait compris ce qui m'habite, et y répondait tout en suggestions, sans rien forcer, sans brutalité. J'imagine comme ce lieu change des vies, crée des étincelles qui peut-être un jour mettront celui qui est passé par là en mouvement. À l'image des machines de Robert, maladroitement ou gracieusement, chacun peut prendre son envol.

Tout au fond du jardin, blottis dans le secret, mes deux acolytes sont en pleine discussion avec le Poète Ferrailleur. Il se cache des visiteurs. Il aime créer et exposer pour accomplir son devoir, mais il a l'humilité et la gêne de ceux qui acceptent de se laisser dépasser par leur art.

Puisqu'il aime transmettre, surtout à des jeunes en chemin, il prend le temps d'échanger avec nous. « Il faut faire attention à la fausse humilité, celle qui nous empêche d'assumer ce qui demande à sortir de nous. C'est de l'ego mal placé, en réalité. Il est important d'oser se tromper, d'oser partager son art, de le laisser nous appartenir et en même temps appartenir aux autres », nous dit-il. Cela me parle. Depuis bien longtemps, je sens vibrer en moi quelque chose que je voudrais dire à tous, avec quoi je souhaiterais toucher « le plus grand nombre », mais je prétends que cela n'est peut-être pas encore assez abouti, et peut-être aussi que je ne suis pas à la hauteur.

Tout à coup retentit le désir d'oser un geste qui vient du cœur, avec ses imperfections. Le lendemain, sur le parking du musée, au milieu des herbes hautes, je dispose des coussins sur le sol de Ramdam et prends pour la énième fois la plume de mon premier chapitre. Mais, cette fois, j'ose. Sans ego, sans crainte, sans barrières. J'écris. Lorsque je pose mon stylo, j'ai cette certitude : le début de mon livre vient de voir le jour. Ce qui a toujours sommeillé en moi s'est réveillé.

38.

C'est dans ces précieux îlots enchanteurs, imprégnés tout à la fois de la singularité de chacun et du lien qui nous unit, que j'arrive à m'atteler à la tâche d'écrire et à m'exprimer pleinement.

Au gré des routes, j'atterris chez Daniel, le boulanger qui s'est libéré des carcans de son métier : au lieu de passer la moitié de ses journées à vendre son pain, il a transformé son fournil en magasin et a mis la caisse et le pain à la disposition de ses clients. Ce sont eux qui se servent et se rendent la monnaie. Sur le temps libre qu'il a ainsi retrouvé, il cultive son jardin et ses passions. Chez Manu aussi, qui a créé avec un ami une serre autogérée. Un endroit pour apprendre à jardiner et à faire avec ses mains, avoir de la compagnie ou un appui, ou encore inventer la vie. Ici, on trouve ce que chacun apporte : et hop, une chorale qui fleurit, un mobilier de jardin qui se bricole, une idée par-ci, une autre par-là, on y va ! La parole et l'action sont libres et tous sont les bienvenus.

Il y a aussi Chez Denis, un café associatif dont il faut avoir entendu parler car il n'est pas sur la carte, où règne la paix dès qu'on y pénètre. Disposés sur les tables, des livres choisis avec attention, que l'on vous offre à lire. Au comptoir, des discussions dans tous les sens. On peut faire sa vie, avec les autres ou seul, en silence si cela vous chante. Assise au fond de la salle, comme une petite souris, je laisse les mots qui m'habitent couler sans effort. J'écris un chapitre, puis un autre. Je suis dans ma bulle car tout m'y invite. Quand j'en sors, je me mêle aux autres.

Ici, je sens profondément la paix, pourtant il y avait de l'animation ce soir.

Yann, qui tient la cabane à crêpes dans le jardin du café, était complètement débordé. Alors, spontanément, je lui ai fait le service et la vaisselle. Mon rôle me laissait le temps de le voir à l'œuvre. Il courait à droite, à gauche, mais au moment de disposer les aliments, son corps stoppait son agitation. Ses gestes devenaient minutieux et poétiques, son grand buste se courbait pour avoir le nez dans ce qu'il faisait. C'était beau.

Non loin de là, les membres de l'association s'activaient pour mettre en place le cinéma, pendant que Denis servait au bar. Chacun son rôle, chacun sa place. Et au milieu de tout ça, les visiteurs profitaient de leurs crêpes, tout en proposant leur aide. Quel joli mélange artistique et gourmand !

J'aime cette somme de travaux individuels qui à la fin forme un collectif sans qu'il soit besoin de s'accorder. L'harmonie se crée d'elle-même.

Carnet de bord de Ramdam,
sur le parking en friche du Café Théodore,
Trédrez-Locquémeau, 19 juillet 2016

Ce matin, j'ai demandé à Denis s'il voulait que je rajoute le Café Théodore sur une carte géographique en ligne. Il a ri dans sa moustache et m'a répondu un « non » franc. « Quand je voyage, j'aime ces lieux atypiques et difficiles à trouver. Il y a moins de monde, mais ceux qui sont arrivés jusque-là l'ont vraiment voulu, ils contribuent à en conserver l'esprit. » Je crois que c'est une de ses recettes secrètes, il est un enchanteur discret.

Je suis heureuse d'être témoin de toute cette vie semée « au milieu de nulle part », comme on dit, alors qu'y réside l'essentiel. Les gardiens des lieux ont-ils de grands moyens financiers pour pouvoir offrir tout cela aux autres ? Non. Évidemment, ils avaient un peu de sous à l'origine, mais si peu par rapport à ce que l'on s'évertue à dépenser à grands coups de crédits dans l'achat d'un appartement à Paris ou ailleurs ! Leur secret, c'est un mélange d'ingéniosité et de simplicité. Et le plaisir de donner, de rassembler. Ils ne cherchent pas à avoir, ils cherchent à être, et à partager cet élan autour d'eux. Leur démarche exige des renoncements mais le bonheur se lit sur leur visage.

Un matin, mes yeux se posent sur la maison miniature que j'ai achetée en Italie à l'été 2014 pour me rappeler de ne pas oublier de « construire ma propre maison ». Je n'ai aucune idée de ce que cela signifie exactement, mais c'est tellement fort que, depuis, elle n'a jamais quitté ma table de nuit, ni aujourd'hui le tableau de bord de Ramdam.

> J'ai plusieurs rêves lointains. L'un d'entre eux est d'avoir une vie paisible dans une petite maison. D'y écrire et d'être entourée de belles personnes. La tranquillité régnerait.

Cette maison, je l'ai vue plusieurs fois par le passé. Lorsque je goûtais à la simplicité d'un endroit.

J'ai vu aussi un lieu vivant et artistique. Les idées, les envies et les êtres bouillonneraient.

Entre paix et émulation, mon cœur balance.

Carnet de bord de Ramdam,
dans le nord de la Bretagne, juillet 2016

Lorsque j'ai pris la route avec Ramdam, je savais que ce ne serait pas pour toujours, que c'était une étape vers je ne sais où, je ne sais quoi. Voilà que, tout à coup, sans que ma tête s'en soit mêlée, mon cœur est en train de se projeter dans un avenir qui jusque-là m'avait semblé improbable, voire impossible.

Un jour, peut-être, moi aussi je construirai ma maison « au milieu de nulle part », au milieu de tout. Il se trouve que c'est aussi le rêve de Philippe et qu'en lui sommeille un enchanteur. Je l'ai vu lorsque ensemble nous avons réenchanté Ramdam.

39.

Ma vie a changé depuis que j'ai pris la route avec Ramdam. J'approche d'un sentiment de plénitude. Tout pourrait être parfait s'il n'y avait cette fichue peur du lendemain qui vient se rappeler à moi sans prévenir au travers de la voix d'un proche. Ou, pire, de ma propre voix à moi. Celle de mon « être social ».

Nous sommes bientôt à la fin du mois de juillet. Dans cinq mois, fin décembre, je n'aurai plus droit au chômage. Il me reste peu de temps pour écrire mon livre. Suis-je capable d'y arriver dans un temps si court ?

Malgré l'harmonie qui se dégage de tous les lieux atypiques que je découvre, je sens l'agitation autour de moi alors que j'ai besoin de paix pour écrire. Comment pourrais-je trouver un endroit où je sois inspirée et au calme ?

Et puis… aujourd'hui c'est l'été, mais demain reviendra l'hiver et avec lui le froid qui s'immisce dans un Ramdam mal isolé. Vais-je devoir affronter de nouveau des températures si rudes ?

Et encore : ce que nous vivons avec Philippe est beau et fort, mais qui sait où je serai demain et ce qu'il adviendra de nous ? Avons-nous un avenir ensemble ?

Et enfin, lorsque ces cinq mois de chômage prendront fin, j'aurai beau savoir que j'ai vécu l'aventure la plus importante de toute ma vie, je n'aurai visiblement pas trouvé de « métier » en cours de route. De quoi vais-je vivre après ?

Comme un signe qu'il m'envoie ou peut-être une bonne blague qu'il me fait, l'univers me tend une perche. Je reçois le coup de fil d'un entrepreneur qui recherche une associée et qui a pensé à moi. Mon camion rouge et moi avons du culot ; lorsque mon voyage aura pris fin et que je retournerai à la vie réelle, nous pourrions oser, ensemble, donner de l'élan à son entreprise, me dit-il.

Mais… ne suis-je pas déjà dans la vie réelle ? Mon quotidien fait sens aujourd'hui plus que jamais. Mais certains n'appellent pas cela « la réalité » parce que financièrement ça ne rapporte rien. Alors qu'intérieurement, je le sais, cela vaut tout l'or du monde. Je n'ai jamais rien apporté de plus sensé aux autres : de l'espoir, du bien-être, un élan… un sourire. Je veux pouvoir continuer à faire du bien et à rêver.

Puisque je refuse sa perche tendue, l'univers en tire ses propres conclusions. Une fois que j'ai raccroché, il m'aide à rallumer mon camion et à prendre la route qui mène chez le Poète Ferrailleur. Qui mieux que lui peut me souffler de poursuivre ma quête ?

Je ne m'attends pas à ce que Robert m'accorde un moment. Je veux juste lire ses écrits, voir ses machines et ses constructions, me laisser porter par la force de son utopie. Lorsque je le croise, pourtant, il me lance, l'air de rien : « On déjeune ensemble à midi ! » À croire qu'il possède un sixième sens. Ou simplement une générosité sans borne. Il est sollicité par ses visiteurs, par l'équipe du musée, par ses créations, et malgré tout il me donne de son temps. Une heure, peut-être deux, en tête à tête, pendant lesquelles les minutes sont suspendues.

Robert me transmet la foi. Il me parle de ses années « dans le désert ». De la solitude. De la sueur. Des embourbements. Je vois derrière cet homme qui accomplit des miracles ordinaires le regard d'un enfant doux et rêveur qui croit vraiment que le monde est bon. Il a le sourire de celui qui compose avec ce que la vie lui offre. La confiance de celui qui fait et le doute de celui qui a longtemps lutté. Je devine aussi les douleurs passées. Mais elles n'ont pas laissé de marques, comme chez certaines personnes qui ont trop bataillé, envers et contre tout. Robert a cheminé « avec », cela se voit. Avec lui. Avec Dieu aussi, car il est croyant. « Ce que tu appelles ton instinct, c'est cela, Dieu », me dit-il. Ce que je ressens moi, c'est une voix profondément intérieure reliée à un Tout qui nous dépasse, mais je ne lui donne pas de nom.

Une lumière brille dans ses yeux. « Un jour, tout prend sens, tu verras. Mais on ne sait pas quand cela se produira. Parfois, on croit être arrivé à bon port, et puis de nouvelles épreuves surviennent, d'où l'on tire encore des enseignements. » À l'opposé de ceux qui m'enjoignent d'écouter la raison, Robert m'insuffle une vraie sagesse. « La peur fait partie de la vie, mais il nous appartient de décider de la remplacer par de la confiance. Ne t'inquiète pas pour l'argent, le moment venu tu sauras si tu dois aller travailler à l'usine ou fouiller dans les poubelles pour t'en sortir. » Je ris intérieurement et imagine les instituteurs et institutrices de notre enfance nous dire des choses comme celles-là et nous délivrer ainsi le plus beau message qui soit. « Quoi qu'il arrive, vous vous en sortirez, les enfants ! Vous serez pleins de ressources dans l'adversité. » Ne serait-ce pas beaucoup plus sage que toutes les angoisses que l'on nous transmet ?

J'ai bien entendu ce que Robert m'a dit, ses paroles ont vibré en moi. Mais le sentiment que j'ai, en repartant, c'est que les mots n'ont pas encore pénétré à l'intérieur. Ils sont restés bloqués. Il y a toujours trop d'agitation là-dedans. Il faut faire de la place, faire le vide.

40.

Je continue à parcourir la Bretagne et me nourris de couchers et de levers de soleil au bord de l'eau. Lorsque je sens l'agitation extérieure ou intérieure poindre, je m'occupe à des travaux manuels. Sur le tableau de bord de Ramdam, j'ai installé une hirondelle en ferraille achetée à Sauve avec Hélène et, en face de mon lit, une fleur de tournesol séchée offerte par Philippe. Bricoler seule et créer un peu de beauté dans Ramdam me ramène doucement à ma force.

De temps en temps, sur la route, je parle à la petite hirondelle. Elle est là, une patte en l'air, prête à s'envoler, il ne lui reste plus qu'à lever l'autre patte. C'est ainsi que je me sens. Je suis en attente de retrouver un peu de sérénité.

> La nuit dernière, j'ai essayé de discuter avec mon inconscient comme au début de mon voyage. Je voulais d'abord faire le calme en moi, mais mon cœur battait trop vite. Alors j'y suis allée comme ça :
>
> « Pourquoi suis-je si souvent sous l'emprise de mon cœur agité ? »
>
> Un serpent m'est apparu.

« Qui est-ce ?
— C'est toi. Tu es en train de fuir.
— Qu'est-ce que je fuis ? »

Le visage d'une petite fille s'est dessiné, qui me ressemblait beaucoup. Derrière ce visage, des plantes et des fleurs magnifiques.

« Tu fuis celle que tu étais petite. »

Puis la fillette s'est animée, a tourné le dos et a grimpé les marches d'un escalier, pour me montrer quelque chose.

« Elle veut t'emmener quelque part. »

C'est alors que l'image s'est évanouie. J'ai essayé tant bien que mal d'en savoir plus, mais je n'y suis pas parvenue.

Je n'arrive plus à bien entendre ma petite voix intérieure.

Carnet de bord de Ramdam,
dans le sud de la Bretagne, 30 juillet 2016

Autour de moi, on s'agite de plus en plus. Ce sont les vacances pour tout le monde. Il fait chaud, on a enfilé les maillots de bain et entamé les festivités. De mon côté, je me contrains à continuer de travailler. Il ne me reste que cinq mois, je ne veux pas en perdre une miette. Même si, en réalité, je n'arrive presque plus à écrire.

Cela fait un an et quatre mois que je ne me suis pas accordé de vraies vacances. Je suis dans une quête permanente, et celle-ci me fatigue. L'évidence s'impose : j'ai besoin d'une coupure totale qui me permette de renouer ensuite avec mon instinct et mon inspiration. J'ai trop d'inquiétudes en tête, trop de questions que je ressasse.

Philippe me rejoint dans quelques jours avec son camion, Jojobah, tout confort et bien isolé. Nous partirons sur les routes avec et laisserons Ramdam en lieu sûr. J'avais prévu de continuer à écrire mon livre même lorsque nous serions ensemble. Au lieu de ça, je prends une décision : je n'ouvrirai pas mon manuscrit un mois durant. Seul mon carnet de bord sera autorisé. Tant pis, un mois de chômage s'écoulera. Advienne que pourra.

41.

Au petit matin nous nous sommes réveillés, il était 6 h 40. Je me suis glissée dans les bras de Philippe et il m'a raconté des films.

Nous avons été interrompus par le soleil qui faisait un lever majestueux.

Maintenant, Philippe est en train de prendre des photos au-dehors. Depuis la porte latérale, je me penche pour l'observer.

Le petit déjeuner nous attend.

C'est une journée ordinaire qui commence dans ce parc à huîtres. Avec Monsieur le pêcheur d'huîtres qui vient d'arriver.

Carnet de bord de Jojobah,
près d'Arcachon,
10 août 2016

Il y en avait trois par-ci,
D'autres par-là,
Des chemins qui s'offraient à nous.
Nous aurions pu prendre chacun d'eux.
Sans nous poser de questions,
Nous avancions.

Seul un air de paix
Et de fantaisie nous guidait.

Carnet de bord de Jojobah,
près d'Arcachon, 10 août 2016

Je me suis avancée vers Jojobah tout à l'heure. Je revenais de la plage, à quelques mètres de là. J'avais encore du sable sur les pieds. Une petite sensation est montée au creux de mon ventre. Je me suis dit qu'on se souviendrait longtemps de ces moments, qu'on y repenserait un jour en se disant que c'était beau, que c'était du bon temps et que c'était important.

Philippe est en train de faire une salade, avec des courgettes, du fenouil, du maïs et de la tomate. Il y a ajouté un abricot et quelques cerises. J'ai trouvé ça poétique.

Malgré le fait que nous ayons dû aller chez le médecin pour moi, nous avons réussi à continuer à faire de cette journée une fête. Nous ne sommes plus en haut de magnifiques falaises ou au bord de l'eau, mais dans les terres, nous avons encore trouvé un petit coin de paradis. Une grande prairie dans laquelle faire les fous. De hautes herbes comme j'aime, et des collines qui nous entourent.

Comment a-t-on pu oublier ce goût de la simplicité, ce respect de la terre qui nous donne tout, de la contemplation de ce qu'elle est à la convivialité des moments partagés ? Tout est là. Que sommes-nous allés chercher ailleurs ?

Je sais que je ne suis pas la première à me poser cette question. Mais je la ressens au plus profond de mon corps depuis que je vis en camion. Rien n'a plus d'importance que cette simplicité et cette beauté qui m'entourent. J'ai définitivement quitté le monde matérialiste.

Pour autant, je n'ai pas quitté le monde, j'ai au contraire la sensation d'en faire partie plus que jamais. D'être pleinement moi dans ce monde. J'ai retrouvé la petite fille qui virevoltait et avait soif de justice, celle qui se reliait aux êtres humains en confiance, celle qui écoutait la mer des heures durant et laissait le vent la caresser pour lui dire qui elle était.

Carnet de bord de Jojobah,
dans un coin perdu, 12 août 2016

La lune est claire ce soir.

Jusqu'où peut aller le lâcher-prise et où commence le reniement de soi ?

Voilà la question qui m'occupe.

Comme d'habitude, c'est l'instinct qui pose la limite.

Comme d'habitude, le défi c'est d'arriver à l'entendre.

Où se loge-t-il ?

Certainement pas dans l'ego ni dans certains réflexes.

Il habite le cœur, mais pas les peurs.

Les laisser filer pour le voir apparaître à travers la brume.

La lune est claire ce soir.

Les certitudes s'effacent.

L'expérience construit et nourrit le cœur.

Avancer avec le doute.

Ne pas vouloir connaître l'avenir, ne pas échafauder de plans.

Aimer sans retenue, si ce n'est celle du respect.

De soi et de l'autre.

De nos libertés.

Parfois, s'arrêter sur le bord de la route pour attendre l'autre qui chemine quelques pas en arrière.

D'autres fois, le rattraper lorsqu'il est parti devant.

La plupart du temps, marcher à l'unisson.

Carnet de bord de Jojobah,
Aurillac, 18 août 2016

Trois hommes pêchent, debout sur leur barque, dans les premières lueurs du soleil. En vérité, ce ne sont pas les premières, il est 7 h 30 et le soleil est déjà haut. Il chauffe, mais nous avons tout de même un peu de fraîcheur, à l'inverse de partout ailleurs en France où c'est la canicule.

Ce matin, au réveil, j'ai regardé le beau visage de Philippe qui dormait, comme pour l'imprimer sur ma rétine et pouvoir le retrouver chaque jour lorsqu'il ne sera plus là. La fin approche. Ces vacances auront eu un goût de trop court.

Entre les moments de joie et les moments d'incompréhension, les obligations familiales, la route, les belles découvertes, les journées partagées avec des amis et des membres de la famille, avons-nous eu le temps de vivre ?

Oui, nous l'avons eu. Dans des instants comme hier soir. Nous étions assis dehors dans la nuit noire, les yeux levés vers les étoiles. Main dans la main, à se caresser du bout des doigts avec chaleur, nous nous sommes réjouis lorsque, pour la première fois du séjour, nous avons vu une étoile filante en même temps.

Nous avons parlé longuement de films, de livres, de féminisme, des étoiles, de nature et de randonnées.

Je me disais que rien ne m'avait jamais liée comme cela à un homme et que toutes ces belles choses partagées l'emporteraient toujours sur les misères où nous entraînent parfois notre ego et nos maladresses.

Carnet de bord de Jojobah,
lac de Naussac, 27 août 2016

42.

Nous sommes le matin de notre dernier jour de vacances, dans un petit coin sauvage. Le soleil n'est pas encore levé. J'ai été tirée du sommeil par cette question : de quoi sera fait demain ?

Le lendemain n'est pas incertain, il est inconnu.

Les angoisses ne disparaîtront peut-être jamais, mais il est bon de se le rappeler. Ça n'est pas la raison qui m'y aide, ni une quelconque volonté ou quoi que ce soit à quoi je me forcerais. Non, c'est encore l'instinct. Je me suis levée malgré l'heure matinale et le froid, car je n'arrivais plus à dormir. J'ai pris quelques affaires et suis sortie du camion, laissant Philippe endormi.

Au-dehors, j'ai vu les premières lueurs du soleil. J'ai vu un grand champ se réveiller avec une petite brume de rosée. J'ai vu les arbres, penchés sur la rivière, lui murmurer qu'il était l'heure. J'ai entendu les oiseaux s'agiter dans les feuillages avec tant de chahut qu'on aurait dit une présence humaine.

J'ai vu tout cela et mon cœur s'est rappelé mon enfance, mes premières amours avec la nature et tout à la fois cette petite crainte d'elle. Aujourd'hui je peux simplement l'aimer sans la craindre, me laisser aller à la liberté de vivre avec elle. Je ne suis pas citadine, comme je le croyais. Je ne suis pas non plus campagnarde. Que suis-je alors ? Mille et une choses. Toutes les possibilités du monde me sont offertes. C'est cela, l'inconnu. Chaque nouvelle page qui s'ouvre m'en apprend plus sur moi-même. Je ne sais pas ce qui m'attend et rien ne sert d'essayer de le savoir car telle est la beauté de mon voyage.

Le lendemain n'est pas incertain, il est inconnu.

Carnet de bord de Jojobah,
quelque part en France, 1er septembre 2016

Un mois après ma discussion avec le Poète Ferrailleur, le cœur au repos, mon âme vient de comprendre les paroles de Robert. Je sens une paix résonner dans tout mon corps. Je viens d'accepter l'inconnu, au-delà de toutes les peurs, au-delà de toutes les convenances.

43.

L'histoire pourrait s'arrêter là. Elle n'aurait pas de fin, mais le champ des possibles est ouvert.

Je suis toujours angoissée car c'est dans ma nature, mais au plus profond j'ai renoué avec moi-même et me suis libérée de mes peurs.

Dorénavant, chaque choix que je ferai sera motivé par ce qui résonne en moi et par mon désir de protéger le monde qui m'entoure.

Je ne chercherai plus à inventer le futur, je vivrai au présent et aurai confiance dans l'avenir.

Je saurai qu'être à ma place m'apportera ce dont j'ai besoin, juste ce dont j'ai besoin. J'ai appris à vivre avec peu, je n'aurai pas envie d'avoir plus, car j'ai découvert bien plus important.

Mais l'histoire ne s'est pas arrêtée là. Ramdam et la petite fille que j'ai vue à deux reprises et qui loge dans mon inconscient me réservent encore quelques surprises.

Juste après que j'ai écrit les quelques lignes sur l'inconnu, on me propose d'être hébergée sur le terrain d'un professeur de philosophie à la retraite qui retape une maison en pleine campagne, vers Moulins. C'est un peu loin mais l'instinct me dit « Allons-y ! ».

Mon dernier soir avec Philippe se déroule avec des amis. Au milieu de la soirée, je m'éloigne du groupe quelques instants. Je sens l'herbe humide frôler mes pieds en sandales et me tourne vers les étoiles. Une chanson de Brel me vient en tête, « Telle est ma quête, suivre l'étoile ». Je chante et danse sous la voûte céleste. Je me sens plus vivante que jamais.

Le matin du départ, je suis Jojobah des yeux dans mon rétroviseur jusqu'à ce qu'il disparaisse, puis m'arrête sur le bord de la route pour pleurer. Un mois entier passé ensemble rend la séparation difficile…

Je veux faire la route vers Moulins en ligne droite de manière à arriver avant la nuit, mais pour que mes larmes sèchent, je prends le temps de renouer avec mes habitudes. Je trouve un petit coin paisible, sors mon carnet et écris. Puis je me prépare un bon repas : l'heure venue, il réjouira mon estomac. J'appelle Hélène et Benoit car nous restons des compagnons de route, même à distance.

Il s'en est passé pour eux, des choses, depuis que nous nous sommes quittés. Il y a trois ans, nomade dans l'âme, Benoit a amené Hélène à partager son goût de la vie en camion. Il y a quelques semaines est venu le tour d'Hélène de faire partager à Benoit son désir de cultiver un bout de terre et de créer un lieu de halte. Une vie mi-nomade, mi-sédentaire, dans laquelle chacun s'épanouit. Ils ont acheté un beau terrain, sauvage, bordé d'une forêt et pourvu d'un point d'eau, à petit prix. Le hasard a voulu qu'ils trouvent la perle rare dans la ville même où Philippe est né et a vécu jusqu'à ses dix-huit ans. Pourtant, ils n'avaient aucune idée de cette coïncidence au moment où ils ont visité les lieux !

Hélène et Benoit tentent de me convaincre de venir les voir. Je suis en Charente et vais passer à quatre-vingt-dix kilomètres d'eux. Rien ne presse, je pourrais en effet m'arrêter voir leur petit coin de paradis et les terres d'enfance de l'homme que j'aime. C'est tentant, mais cela représente un grand détour et beaucoup d'essence.

Je décide de tracer ma route, nous aurons bien d'autres occasions.

Mais voilà qu'une centaine de kilomètres plus loin, une déviation fait obstacle au chemin que j'avais prévu d'emprunter. Les panneaux de signalisation de travaux défilent. Mon GPS tente de me ramener sur la bonne route, en vain.

C'est ainsi que, sans que je puisse rien y faire, Ramdam m'amène à quelques kilomètres seulement de la ville d'enfance de Philippe. Et, comme s'il fallait un autre signe du destin, mon hôte m'annonce qu'il ne pourra pas être de retour à Moulins avant quelques jours pour me recevoir.

En milieu d'après-midi, j'arrive donc dans le Limousin sans savoir que je ne vais plus en repartir.

Dans le cockpit de Ramdam, je vois se dessiner un paysage vallonné arborant une multitude de nuances de vert. Je reconnais ce qui pourrait être un chez-moi.

Voilà un an et demi que je suis par monts et par vaux. L'envie de m'enraciner surgit.

Les semaines qui suivent sont faites de rebondissements qui m'échappent.

Il y a, tout comme j'ai pu en trouver sur ma route au cours des mois précédents, de belles rencontres. Des soirées à pédaler sur un vélo dans le soleil couchant. Des après-midi à écrire mon livre dans une bibliothèque ou un joli café. Des concerts en plein milieu de la campagne, où les musiciens descendent de scène pour se mêler au public qui s'agite en dansant. Des explorations de granges, du haut desquelles j'imagine des spectacles se dérouler sous mes yeux. Des personnes qui m'accueillent avec des petits plats mijotés, des confitures et même parfois un logement lorsque le froid revient.

Je vais de village en village, de découverte en découverte.

Contrairement à ce que j'éprouve d'habitude, je ne ressens pas l'élan de reprendre la route, mais au contraire celui de rester ici. Je voudrais de nouveau avoir quatre murs protecteurs, de l'eau chaque fois que j'ouvre le robinet, de l'électricité pour écrire à l'envi. Entre ces quatre murs pourtant, je me suis ennuyée, j'ai déprimé. Parce qu'à l'époque ils étaient synonymes d'un système dans lequel je ne trouvais plus de plaisir, qui me semblait injuste, qui fatiguait mon corps et mon esprit, brisait mon moral et ma confiance.

Ma réalité étant devenue autre, j'éprouve l'envie de renouer différemment avec un habitat sédentaire.

Nomade ou sédentaire, il me reste cependant à savoir avec quoi je vais vivre. Je dois reconnaître qu'à moins d'un miracle, je n'aurai pas fini d'écrire mon livre lorsque mon chômage prendra fin. Et puis, de toute façon, je le sais bien, on ne peut pas compter sur les revenus d'un livre. Alors quoi ? Je vais aller chercher un emploi, comme si tout cela n'avait pas existé ? Cela m'est impossible. J'ai vu tant de gens s'inscrire dans une autre manière de travailler. Certains ont réussi à vivre de leurs nouveaux projets : ils font du pain, vendent leurs légumes, tiennent un café associatif, ou ont ouvert un lieu dédié à la création et à l'entraide. D'autres ont choisi d'être au RSA. « J'ai dissocié mon travail et ma source de revenu, m'a expliqué l'un d'entre eux, ainsi j'ai l'assurance de faire un travail qui a du sens pour moi et pour le monde qui m'entoure. » J'avais aimé cette phrase. Mais vivre au RSA alors qu'on est bardé de diplômes, est-ce bien raisonnable ? Que diraient ma mère et mes proches ? Et suis-je capable de vivre avec si peu ?

Au milieu de ces interrogations vient ce moment où j'observe Ramdam, garé sur le parking du refuge de randonneurs dans lequel j'ai été accueillie. Comme Tom l'avait fait auparavant, je prends conscience qu'il n'est pas fait pour ça. Il est en train de devenir un véhicule sédentaire dans lequel je ne dors même plus. Alors que lui rêve de voyage et de folles destinées.

Tout comme Tom m'a rencontrée, je rencontre Doria, une circassienne au grand cœur et à l'enthousiasme débordant. Elle tombe amoureuse de Ramdam et est prête à l'acheter. Mais moi, suis-je prête à le vendre ? Il est tout ce que j'ai et représente mon projet. Et puis, surtout, je me suis attachée à lui comme on s'attache à quelqu'un qui nous accompagne dans notre quotidien. Je lui parle et lui me fait rire et me rassure.

Il se trouve que Doria aussi lui parle, je l'ai vue faire quand elle l'a essayé. Elle rêve de créer des numéros de cirque sur la galerie de toit. « Peut-être qu'un jour, nous croiserons Ramdam au Festival d'arts de rue d'Aurillac, me fait remarquer Philippe. Alors tu seras heureuse et fière. »

Un soir, sous les étoiles exactement, je sens la décision venir. J'appelle Doria et lui dis oui.

Je plonge dans l'inconnu sereinement.

Dans quelques jours, je ne posséderai plus rien de tangible concernant mon projet, plus de toit sous lequel m'abriter et plus de moyen de locomotion.

Mais je n'ai aucun souci à me faire.

Philippe décide de me prêter Jojobah, la prunelle de ses yeux. Quant à Ramdam, je suis loin de me douter qu'il lui reste une mission à accomplir avant de me quitter.

Voilà quelques années que Philippe regarde des annonces de vente de fermettes à retaper. Il le sait, un jour, il sautera le pas et viendra se mettre au vert pour s'inventer un autre quotidien, fait de projets manuels et artistiques. Alors, de temps en temps, il me transmet des annonces de lieux que je vais visiter pour lui. Je me prends au jeu tout en sachant que cela ne s'inscrit pas au présent.

Le lendemain du soir où j'ai dit oui à Doria, je n'arrive pas à me concentrer sur l'écriture de mon livre. Mon cœur est triste de la future séparation d'avec Ramdam. Je retombe sur une annonce que Philippe m'a envoyée, plus spéciale que les autres, mais dont je n'ai rien fait. Je décide d'appeler et passe une heure au téléphone avec la gardienne actuelle des lieux. Au bout du combiné, je sens l'amour et la passion qu'elle a pour cette maison.

Jamais Philippe et moi n'avons parlé d'acheter une maison ensemble. Nous savons seulement que nous avons entrevu chacun de notre côté des futurs qui se ressemblent. Un jour, peut-être, ils se rejoindront.

Pourtant, ce jour-là, je l'appelle et nous nous parlons comme si c'était une évidence : nous allons acheter cette maison ensemble. Alors que c'est tout simplement fou. Nous allons le faire.

Il y a bientôt dix ans, ma mère m'a donné une somme d'argent avec laquelle elle m'a fait promettre d'investir dans un projet sérieux. La somme est trop petite pour que l'on en fasse quoi que ce soit à Paris. Mais dans la diagonale du vide, et lorsque tout est à refaire, le champ des possibles s'ouvre !

La maison est tout en longueur, comme celle que j'avais sur le tableau de bord de Ramdam. En face, une grange laisse à l'imagination tout l'espace pour faire rêver le monde et créer du lien entre les arts et les êtres. Derrière, une vue imprenable sur les vallées limousines. Et tout autour de nous, du vert à n'en plus finir.

J'ai trouvé le lieu pour écrire. J'ai trouvé l'amour aussi parce que j'avais accepté de cheminer seule vers moi-même. J'ai trouvé ma place en ce monde, même si je ne sais pas de quoi demain sera fait.

Tout reste à inventer. Maintenant, le futur s'écrit à deux.

Épilogue

À l'heure où j'écris ces lignes, nous sommes le mardi 20 novembre 2018 et le jour commence à poindre. Tout n'a pas été facile avant d'en arriver là.

Il m'a d'abord fallu me séparer de Ramdam. J'ai choisi le terrain d'Hélène et Benoit pour lui dire au revoir. Alors que j'étais seule, je l'ai vidé, nettoyé, bichonné. Bien sûr, je lui ai parlé. Juste avant que Doria prenne le volant, j'ai pleuré. Lorsqu'elle a laissé échapper ces mots : « Je ne sais même pas où je vais aller avec lui », je lui ai répondu qu'elle n'avait pas besoin de le savoir. C'est à cet instant que j'ai compris le destin de ce petit camion, ancien pompier devenu civil, qui aide ceux qui osent monter à bord à faire route vers eux-mêmes.

Ensuite, il a fallu à nouveau faire face aux craintes de ma mère : dans quel pétrin allais-je encore me fourrer ? Mais l'amour qui nous lie est plus fort que les différences qui nous séparent. J'ai compris que seule la peur s'exprimait à travers ses propos parfois durs, et j'ai répondu à ses interrogations et à ses craintes. Peut-être pas une fois pour toutes, mais déjà pour le moment. Je continuerai de le faire chaque fois qu'il le faudra.

Nous sommes arrivés ici le 24 décembre 2016, pas complètement préparés à la rudesse de l'hiver qui s'annonçait. La tuyauterie a gelé. Dans le noir de la nuit, alors que Philippe était absent, j'ai passé des heures dans la grange, dont les portes couinaient avec le vent, et dans le grenier rempli de toiles d'araignées, à réchauffer et isoler les tuyaux. Philippe est venu à ma rescousse lorsque les tuyaux ont cassé et que l'inondation a envahi les lieux. Ensemble, nous avons épongé.

Deux citadins à la campagne sans manuel de survie. Heureusement, nous avions derrière nous des mois de vie en camion qui nous avaient préparés au froid, à l'absence d'eau, au bricolage et à la débrouille. Et pour vivre tout cela, nous n'étions pas seuls. Chez notre voisin fermier, au café associatif du coin, au centre social de la ville d'à côté et à la ferme collective située un peu plus loin, nous avons rencontré des gens en or qui nous ont accompagnés dans ce grand changement. La nature et la maison aussi sont toujours restées de notre côté, malgré les petites misères qu'elles nous ont fait vivre. Et puis, au fil des mois, notre engagement a payé, et notre confort s'est amélioré.

Le printemps est arrivé et avec lui l'émerveillement des premiers bourgeons, des premières pousses et des premières fleurs.

En ce qui concerne le travail, je suis toujours en transition. J'ai fini par accepter l'idée de vivre temporairement au RSA tout en développant mes activités, mais il m'a fallu presque deux ans pour arriver à en parler à ma mère et à quiconque. Avec mon petit budget, je m'attache toujours à faire des choix de consommation, ceux qui ne détruisent pas le monde et me permettent de vivre simplement. Si je pouvais avoir un peu plus d'argent pour renouveler mes chaussettes trouées, je ne m'en porterais pas plus mal, mais à part cela je vis bien. À mon arrivée ici, j'ai découvert un centre social qui porte un projet d'éducation populaire. L'un de ses salariés m'a ouvert la porte de son cours de théâtre, pour que nous enseignions ensemble auprès d'adolescents. « Tu vas gagner combien avec ces cours ? » m'a demandé ma mère. Évidemment, je n'en savais rien, puisque je commençais en tant que bénévole. Mais, devant mon assiduité et mon implication, le centre social m'a financé une formation et m'a proposé un projet rémunéré. Mon partenaire de théâtre et moi avons créé, avec six adolescentes, un spectacle sur des femmes culottées qui vivent leurs rêves malgré les barrières que la société leur impose. Nous sommes allés dans des maisons de retraite et des collèges où nous faisions ensuite naître des échanges. Une belle manière de créer du lien.

Comme l'avait dit une des personnes ordinaires et heureuses que j'avais croisées, c'est aussi dans les petits gestes que le lien s'exprime. J'ai la liberté de dédier mon temps à ce qui me semble utile, alors je donne des coups de main. Je vais bricoler avec Philippe chez des amis qui ont besoin d'aide. Je prends un thé avec une amie pour qu'ensemble nous rédigions sa lettre de motivation pour un poste dont elle a grand besoin. Je me rends chez d'autres amis dans une situation difficile pour les aider à écrire une lettre juridique.

Et puis, il y a eu ce livre dont vous lisez les dernières lignes et qui a eu une première vie. J'y ai mis tout mon cœur parce que je l'avais promis aux lecteurs de Ordinary Happy People, pour tout le soutien qu'ils m'avaient apporté. J'ai pu le faire exister grâce à cinq femmes que j'ai trouvées sur mon chemin, et à tous ceux qui l'ont acheté avant même qu'il soit sorti. J'ai reçu des mots très touchants de lecteurs, et j'ai appris par d'autres les larmes que ma mère a versées lorsqu'elle a tenu le livre pour la première fois entre ses mains. Cette fois, elle ne m'a pas demandé combien il allait me rapporter (elle a attendu quelques mois pour ça) : elle a écrit à tous ses amis pour leur dire de se le procurer (et cela ressemblait plus à un ordre qu'à un conseil).

Mais porter un livre seule me prenait tellement de temps que j'avais abandonné le bricolage, le jardinage et la marche, qui jusque-là faisaient partie de mon quotidien. Pendant que Philippe me soutenait sans relâche, je travaillais sur mon ordinateur de 5 heures du matin à 11 heures du soir. Une belle vie au grand air ! Heureusement, j'ai réussi à arrêter la machine avant de craquer (et de faire craquer Philippe). « Mais tu es folle ! Et tes lecteurs ? m'ont dit les gens. Et le manque à gagner ? » Pourtant, j'ai pris cette décision sereinement, et me suis mise en quête d'un éditeur. La chance était encore de mon côté, et avec un peu de culot, il m'a fallu trois mois pour trouver celui dont je rêvais.

Toutes celles qui vivent à l'intérieur de moi, la rêveuse, la douce, la sensible, la petite fille, la cartésienne, l'aventurière, la rebelle, l'impatiente, la poète, l'énervée, l'écrivaine, l'angoissée, l'artiste, la triste, la féminine, la masculine aussi, toutes sont heureuses de se lever chaque matin sans réveil, tirées du lit aux aurores par l'excitation de la journée à venir.

On ne vit pas dans un monde idéal, c'est certain, mais je continuerai à participer à le rendre un peu meilleur, pour moi et pour les autres.

J'ai entrepris ce voyage pour rendre les gens heureux, j'y ai trouvé mon bonheur et ma liberté. J'espère que ce livre voyagera tout autant que moi pour prolonger ma mission première : inspirer à chacun le désir d'embrasser l'inconnu et de faire route vers son propre bonheur.

Remerciements

Merci à vous, lecteur, qui avez fait route avec moi jusqu'ici.

Merci à ma famille et à mes amis pour leur amour.

Merci à tous les inconnus que j'ai croisés et qui m'ont apporté un sourire.

Merci aux mille lecteurs, aux cinq femmes (Laetitia Royant, Françoise Bouet, Daria Gatti, Oksana Delahaye, Martine Lagorce), et au Centre social du pays de Nexon, grâce à qui la première version de ce livre a vu le jour.

Merci à ma conseillère Pôle emploi pour son aide et son ouverture d'esprit.

Merci à Carole Martinez et à Fabrice Midal pour ce qu'ils font, et plus encore pour ce qu'ils sont, qui est source d'inspiration.

Merci à tous ceux qui dédient leur vie à leur passion artistique et qui m'ont aidée à suivre mon chemin ces deux dernières années : Maurice Tardieu, Hélène Legay, Benoit Cassegrain, Robert Coudray, Guillaume Guérin, Julie Cazalas, Mark Jane, Elisabetta Spada, Pietro Naj-Oleari, Anne Becel, Claude Viala, Anne

Maizeret, Charlène Guinoiseau, Yves Chagnaud (et j'en oublie !).

Merci au clan Anne Carrière pour ce qu'il comporte d'intelligence, d'éclats de rire, d'ouverture, d'engagement, d'impertinence, de justesse et de chaleur. Merci à Stephen, David, Anne, Assia, Julia, Astrid, Sophie et Yasmina pour leur travail, leur soutien et leur confiance.

Merci tout spécialement à ma mère, héroïne ordinaire de notre enfance, à mes neveux et nièces, petites étincelles de ce monde, et à Philippe, l'enchanteur de ma vie.

Ouvrage composé par
PCA 44400 Rezé

Imprimé en Espagne par
Liberdúplex
à Sant Llorenç d'Hortons (Barcelone)
en août 2020

POCKET – 92, avenue de France – 75013 Paris

S29981/01